Os Mêts...

BETHAN GWANAS

ISBN 0 86243 940 X
ISBN-13 978 0 86243 940 8

Mae'r cynllun Stori Sydyn yn fenter ar y
cyd rhwng yr Asiantaeth Sgiliau Sylfaenol a
Chyngor Llyfrau Cymru. Ariennir y llyfrau
gan yr Asiantaeth Sgiliau Sylfaenol fel rhan
o Strategaeth Genedlaethol Sgiliau Sylfaenol
Cymru ar ran Llywodraeth Cynulliad Cymru.

Argraffwyd a chyhoeddwyd gan
Y Lolfa, Talybont, Ceredigion SY24 5AP
gwefan www.ylolfa.com
e-bost ylolfa@ylolfa.com
ffôn 01970 832 304
ffacs 832 782

1. Y DECHRA

Dyna oedd y tro cynta i mi. Ac argol, 'nes i fwynhau. Doedd o ddim yn fêl i gyd, nag oedd, ac roedd 'na adegau uffernol o boenus. Ond roedd o werth o. A pan dwi'n meddwl am y peth rŵan, dwi'n gwenu fel giât.

Sôn am noson cwennod ydw i, y sglyfaths – chi a'ch meddyliau budur. *Hen party* o'n i'n eu galw nhw, nes i Hanna ddeud 'Noson cwennod ydi o'n Gymraeg, Ceri!'

Athrawes Gymraeg ydi Hanna, ond nid yn 'yn hysgol ni, diolch byth. Mae'n gwylltio pan 'dan ni'n deud geiria Saesneg. Mae hi'n deud 'hoffi' yn lle 'licio', a 'caru' yn lle 'lyfio'. Sy'n swnio'n rhyfedd i mi, achos 'lyfio' mae'n ffrindia ysgol fi i gyd yn ddeud. Ond mae Hanna'n hŷn na fi a 'di hi ddim yn un o'n ffrindia i. Wel, mae hi rŵan, ond doedd hi ddim. Ffrind gora Ann, fy chwaer fawr i, ydi Hanna. A noson cwennod Ann oedd hi. Hanna drefnodd y cwbl. Achos dyna be mae ffrindia gora'n ei neud, ynde? Ond doedd syniad Hanna ddim yn plesio o gwbl yn y dechra.

Rhowch o fel hyn. Er ei bod hi'n athrawes, chydig o nytar ydi Hanna. 'Di hi ddim byd tebyg i Ann, sy'n hogan lyfli ac annwyl. Fyswn i ddim wedi gallu dymuno chwaer fawr well. Er bod 'na bum mlynedd rhyngon ni, doedd hi byth yn gas efo fi. Fydda hi byth yn flin pan fyddwn i'n chwara efo'i dolis hi; roedd hi'n hapus i rannu pob dim efo'i chwaer fach. A hyd yn oed pan fyddwn i'n eu malu nhw, doedd hi ddim yn mynd yn flin efo fi, jest yn mynd i'r gornel i grio. Hyd yn oed pan dorrais i wallt ei Sindy hi i ffwrdd a rhoi mwstásh ffelt pen ddu iddi – nath hi ddim byd i fi, a nath hi ddim rhedeg i ddeud wrth Mam be o'n i wedi'i neud chwaith. Y cwbwl nath hi oedd cuddio yn ei gwely am y pnawn. Un fel 'na ydi Ann. Byth yn hel clecs, byth yn deud petha cas am neb.

Ond mae rhywun sy mor uffernol o neis yn gallu bod yn... wel, *boring* weithia (neu 'diflas' os ydi Hanna o gwmpas y lle). Ro'n i jest â marw isio iddi gega'n ôl arna i. Neu ar y merched caled fyddai'n trio 'mwlio fi yn yr ysgol. Digwydd bod, ro'n i'n gallu edrych ar ôl fy hun yn iawn, diolch yn fawr. Mi fysa wedi bod yn neis gweld Ann yn eu bygwth nhw. Ond hogan feddal ydi hi. Hogan neis sy byth yn gneud dim o'i le a byth isio creu trafferth i neb.

Mae rhai o'n ffrindiau i yn deud mai rhech

o hogan ydi hi, ond 'di hynny ddim yn deg. Digri, ydi. Tasa pawb 'run fath yn y byd 'ma, mi fysa 'na fwy o ffraeo nag sy 'na'n barod. Ac mae angen pobol fel Ann.

'Di hi ddim jest yn neis ac yn annwyl, mae hi'n ddel hefyd. Mae hi mor slim, mae'n gneud i mi fod isio stwffio twmffat i lawr ei chorn gwddw hi a llenwi hwnnw efo donyts a chacenni a siocledi. Dwi'n *mad* am betha fel'na, ond dydi hi ddim. Mae'n bwyta'n iach, ddim yn sglaffio fel pawb normal. Mi ddylwn i fod yn jelys ohoni, ond mae hi mor glên efo fi fel na fedra i ddim dal dig ati.

Gan ei bod hi'n ddel, yn slim ac yn annwyl, mae bechgyn yn syrthio mewn cariad efo hi rownd y rîl. Anghofiwch am y busnes *femme fatale* ac mai merched drwg a pheryg sy'n denu dynion. Genod da maen nhw'n gwirioni arnyn nhw go iawn, genod da maen nhw isio'u priodi. Dyna pam ro'n i'n 16 cyn cael cariad, a dyna pam mai Ann oedd y cynta o'i chriw i ingêjo (ia, neu i ddyweddïo – sori, Hanna).

Dylan oedd YR *eligible bachelor* yn dre. Pishyn o hogyn tal, smart oedd yn fab i deulu'r George, y gwesty crandia am filltiroedd. Llwyth o bres ganddyn nhw. Merc yr un ganddi hi a fo – ac mi gafodd Dylan BMW coch y munud basiodd o 'i dest. Ddim ryw Ford Fiesta cronclyd fel pawb arall. Roedd y siwrans cyn ddruted â'r car, meddan nhw. Felly pan dynnodd y BMW sgleiniog 'ma i fyny o flaen drws 'yn tŷ ni ryw nos Wener, roedd Mam wedi gwirioni'n bot.

'W! Sbia car!' meddai o'r tu ôl i'r net cyrtens. 'Felly dyna pam ti wedi gwisgo mor ddel, Ann?'

Ond dim ond gwenu nath Ann, a rhoi brwsiad bach olaf i'w gwallt – oedd yn berffaith fel roedd o.

'Pwy ydi o?' gofynnodd Dad, heb dynnu'i lygaid oddi ar y gêm bêl-droed ar y bocs.

'Wel hogyn y George, siŵr iawn!' meddai Mam. 'A hogyn da ydi o hefyd meddan nhw. Hogyn clyfar.'

'Tasa fo'n glyfar sa fo 'di mynd i coleg,' medda fi'n sych.

'Ella bod o'n glyfrach na hynny, Ceri,' meddai Mam, 'ac wedi gweld mai'r peth calla iddo fo ydi cario mlaen efo busnes y teulu.'

'Be? Fo fydd yn cael y cwbwl?' holodd Dad, yn dal heb dynnu'i lygaid oddi ar Arsenal *v* Chelsea.

'O ia, unig blentyn,' gwenodd Mam. 'Gofynna iddo fo ddod i mewn, Ann!'

'Ddim heno, Mam,' meddai Ann, gan wisgo'i

chôt. 'Tro nesa ella, os bydd 'na dro nesa, ynde.'

'Be? Ti ddim yn meddwl bydd 'na dro nesa?' gofynnais.

'Wel, dwi ddim yn gwbod os ydw i'n licio fo ddigon eto, nacdw? Ac ella na fydd o'n licio fi ar ôl heno.'

Ond roedd hi'n ei licio fo a fo'n ei licio hi ddigon i ddechra canlyn yn selog yn syth bìn. Roedd ei llygaid hi'n sêr i gyd pan ddoth hi adre y noson gynta – a phob noson ar ôl hynny. Ac mi ddoth o mewn i'r tŷ i gyfarfod â Mam a Dad ar ôl y pedwerydd dêt. Ac roedden nhw'n 'i licio fo hefyd wedyn. Yn uffernol.

Do'n i ddim yn rhy siŵr ohono fo i ddechra, a bod yn onest. Rhwbath yn sleimi amdano fo, ac roedd Hanna'n teimlo'r un fath – dim ond mai 'seimllyd' ddeudodd hi. Ond roedd Ann wedi gwirioni efo fo, a phan brynodd o i-pod i mi'n bresant Dolig, penderfynais inna ei fod o'n hen foi iawn. Tan y noson cwennod, hynny yw.

2. Y PARATOI

ERBYN MEDDWL, ROEDDEN NI'N wirion yn rhoi'r trefnu i gyd yng ngofal Hanna. Fel ddeudis i, mae hi chydig bach o nytar, a wastad isio gneud petha'n wahanol i bawb arall. Mae hi'n dal i freuddwydio am bacpacio rownd y byd, er ei bod hi'n 24. Er ei bod hi i fod yn athrawes barchus erbyn hyn, mae hi'n dal i wisgo fel tasa hi'n 16, ac yn newid lliw ei gwallt bob pythefnos. Ddim jest ambell *sachet* o Toners chwaith, ond ei liwio fo'n binc neu'n goch tomato neu'n biws llachar ofnadwy. Mae'n brifo'r llygaid i edrych arno fo. Pan oedd pawb arall yn gwrando ar Coldplay neu Beyoncé, Deep Purple neu ryw fand od arall o'r 70au oedd ei bandia hi. Ond wedyn, pan fydden ni i gyd yn gwylio *Sex and the City*, roedd hi'n mwydro'i phen am *Pobol y Cwm*. Ond tasen ni i gyd yn dechra gwylio *Pobol y Cwm*, mi fysa hi'n troi at *Torchwood* neu *Dr Who* neu rwbath. Mi fydda i'n meddwl weithia ei bod hi jest isio bod yn wahanol er mwyn bod yn wahanol, ddim am ei bod hi wir yn licio rhwbath.

Felly, roedd sens yn deud y bysa'r noson cwennod yn wahanol. Yn un peth, roedd o'n mynd i fod yn benwythnos y cwennod, ddim jest noson. Wel, mi gafodd hynna wared ar hanner dwsin o ffrindia Ann yn syth. Faint o genod rownd ffordd 'ma sy'n gallu fforddio mynd i ffwrdd am noson, heb sôn am benwythnos cyfa'? Ac roedd hi isio £100 yr un ganddon ni hefyd!

'Iawn i chdi Hanna Lloyd, ar dy gyflog *teacher*,' medda Jen Thomas, 'ond dwi'n sgint. Be sy'n rong efo jest crôl rownd pybs Bangor neu Gaernarfon?'

Mae £100 yn lot i hogan ysgol fel fi hefyd, ond dwi'n gweithio yn y Co-op ar benwythnosau ac ambell gyda'r nos, felly roedd gen i rywfaint yn sbâr. A allwn i ddim peidio â mynd ar noson cwennod fy unig chwaer, yn enwedig a finna'n 18 ac yn *legal* o'r diwedd. Mi ges i £25 gan Mam at yr achos – yn ychwanegol at fy mhresant pen-blwydd! A £20 gan Dad am orffen fy arholiadau (ond dwi'n disgwyl mwy ganddo fo os bydda i wedi pasio).

Dim ond pump ohonan ni oedd yn fodlon mynd yn y diwedd, ond roedd Hanna'n benderfynol.

'Gwych,' meddai. 'Byddwn ni i gyd yn gallu ffitio i mewn i un car, felly.'

Roedd Ann yn rhy neis i ddeud y bysa'n well

ganddi hi gael un noson efo llwyth o'i ffrindia... dwi isio'i hysgwyd hi weithia. Ac roeddan ni'n griw od. Mae Ann a Hanna'n ffrindia gora ers yr ysgol gynradd, ac maen nhw'n ffrindia efo Manon ers yr ysgol uwchradd, nes iddi gael clec a gorfod gadael yn 17 oed. Dydyn nhw ddim wedi gweld cymaint ohoni wedyn. Mae Dawn flwyddyn yn hŷn na nhw ac wedi dod i nabod Ann drwy'r dosbarth *pilates*. Doedd hi ddim yn nabod Manon o gwbl tan y penwythnos hwn. A finna ydi'r chwaer fach.

Cawson ni ordars i fod yn barod am bump nos Wener ac i bacio digon ar gyfer dwy noson a dau ddiwrnod – a dod â gwisg nofio, côt law a sgidia cerdded efo ni.

'Ond 'sgen i'm côt law!' medda fi.

'A 'sgen i'm sgidia cerdded!' meddai Ann.

'Neith *trainers* yn iawn,' meddai Hanna, 'a gelli 'di fenthyg côt dy fam.'

Ond 'swn i ddim yn gwisgo côt Mam tasan nhw'n fy nhalu i. Felly mi ddois i â'r *bomber jacket* River Island ges i'n anrheg Dolig.

'Fydd honna'n dda i ddim yn y glaw, Ceri,' meddai Ann.

'Dim ots. 'Neith hi ddim glawio, eniwê,' medda fi. Wel? Mis Medi oedd hi. Dal yn haf yn y bôn, doedd?

Doedd bod yn barod am bump ddim yn hawdd i bawb chwaith. Iawn i fi a Hanna oedd yn gorffen am 3.30, ond mae Ann yn y banc tan 4.30, Dawn yn swyddfa'r cownsil tan 5 – i fod, ond mae'n gallu gneud *flexi* – a Manon isio cael trefn ar y babi a nôl yr hogyn bach o'r ysgol a dod o hyd i rywun i warchod cyn i'w gŵr ddod adre am 5.30.

'Oes rhaid cychwyn mor gynnar?' gofynnodd Manon iddi.

'Oes! 'Nes i sbio ar y we,' meddai Hanna (yr *internet* oedd hi'n feddwl), 'a mae'n mynd i gymryd tair awr ac 17 munud i gyrraedd, a 'dan ni isio bod yno cyn hanner awr wedi wyth, does?'

'Ble uffar 'dan ni'n mynd?' gofynnais. 'Timbyctŵ?'

'Aha... gewch chi weld,' meddai Hanna. A nath hi wrthod deud dim mwy, y jadan.

Bues i'n trio meddwl lle fyddai'r lle dair awr ac 17 munud i ffwrdd. Manchester? Lerpwl? Blackpool? Na, roedd rheiny'n agosach na thair awr. Newcastle ella – neu Lundain os oedd hi'n mynd i yrru fel diawl. Wei-hei! O'n i'n dechra ecseitio'n syth! Ac yn y cês, fe aeth tri pâr o sgidia sodla uchel a phob sgert fer oedd gen i (methu penderfynu) a rhyw hanner dwsin o'n *crop tops* i a cwpwl o ffrogia rhag ofn y bydden ni'n mynd i glybia nos uffernol o smart a cŵl.

Ond pan gyrhaeddodd Hanna acw yn ei Golf du efo Dawn, roedd 'na broblem. Roedd Ann a finna wedi pacio cês yr un. Efo bag mawr Dawn a bag bach Hanna, doedd 'na ddim lle yn y bŵt, a doedden ni ddim wedi nôl Manon eto.

'Dim ond am ddwy noson 'dan ni'n mynd, ddim pythefnos!' meddai Hanna. 'Bydd yn rhaid i chi chwilio am fagiau llai a phacio LOT LLAI O STWFF!'

'Be? Rŵan?'

'Ia! Oni bai bod gan dy dad di drelar!'

'Wel, oes, fel mae'n digwydd,' meddai Ann. 'Un bach, del.'

'Y? Ond dwi ddim isio tynnu blydi trelar! Dwi ddim hyd yn oed yn gwbod os oes gen i *tow bar*! Allwch chi ddim jest tynnu hanner eich stwff chi allan a rhannu cês?'

'Mi fysa hynny'n cymyd oes,' meddai Ann. 'Ac mi fysan ni'n siŵr o adael rhwbath roeddan ni wirioneddol ei angen ar ôl.'

'Hollol,' medda fi. 'Ac oes, mae gen ti *tow bar* yli. Be sy ora gen ti? Cychwyn o leia hanner awr yn hwyr 'ta tynnu trelar?'

Edrychodd Hanna ar ei wats a rhowlio'i llygaid.

'Iawn, ocê. Lle mae'r blydi trelar 'ma?'

Mi gymrodd hanner awr i ni ei dynnu allan o'r

garej a'i roi o'n sownd yn y car a rhoi'n bagiau
ni i mewn ynddo. Felly erbyn i ni gyrraedd tŷ
Manon am 5.45, roedd honno'n berwi.

'Pump ddeudist ti, Hanna!'

'Ia, ond ro'n i'n gwbod y bysat ti'n hwyr. Tyd
mlaen, lle mae dy fag di? O *my god!*'

Roedd cês Manon hyd yn oed yn fwy na f'un
i. Fuon ni am oes yn trio symud petha rownd
er mwyn i bob dim ffitio. Yn y diwedd, mi fu'n
rhaid i ni roi bag Hanna yn y blaen o dan draed
Ann. Doedd 'na fawr o le i'w choesa hi wedyn,
bechod. Ond doedd 'na ddim llawer o le i ni'n
tair yn y cefn chwaith, rhwng y gwahanol gotiau
a *handbags*.

'Dach chi'n blydi anobeithiol!' chwyrnodd
Hanna, wrth drio rifyrsio'r trelar allan drwy'r
giât.

'Hei! Tasat ti jest 'di trefnu crôl rownd pybs
Bangor, fysa bob dim yn iawn!' protestiodd
Dawn.

'O'n i 'di disgwyl gweld *limousine* mawr gwyn,
eniwê,' meddai Manon. 'Dyna be mae pawb
arall yn 'i neud ar 'u *hen nights* rŵan. Mynd i
Gaer mewn *limousine*. Dyna nath 'y nghnithar
i, ac roedd o'n lyfli...'

'Ond 'di noson cwennod Ann ddim yn mynd
i fod fatha noson cwennod pawb arall. Iawn?'
gwaeddodd Hanna, wrth iddi fagio'r trelar yn

erbyn postyn y giât.

Roedd y gwydr wedi malu ond roedd yr indicetors yn dal i weithio, felly i ffwrdd â ni. A neb yn deud gair am amser hir.

3. Y DAITH

ANN, WRTH RESWM, OEDD y person cynta i drio cael pawb yn ffrindia eto.

'Be am chydig o fiwsig?' meddai. 'Radio 'ta CD?'

'Radio,' medda fi'n syth, gan wybod yn iawn sut fath o CDs fyddai gan Hanna. Ryw betha Welshie fel Dafydd Iwan a Bryn Fôn, garantîd. Felly dyma Ann yn gwasgu'r botwm a dyma lais blydi Bryn Fôn yn blastio allan. Rhyw gân uffernol o *depressing* am ryw foi o Dyddyn y Gaseg oedd wedi gadael adre a heb ddod yn ôl.

'O *god*, gawn ni Radio One plîs?' medda fi.

'Dim ffwc o beryg,' meddai Hanna.

Tawelwch.

'Dwi'n rîli licio hon,' meddai Manon ar ôl sbel.

'A finna,' meddai Ann.

'Dwi'n cytuno efo Ceri, sori,' meddai Dawn. 'Pa CDs sy gen ti?'

Na, dydi Dawn fawr o Welshie chwaith. Tasa hi, mi fysa hi'n galw ei hun yn Gwawr, debyg.

Ond gan fod Dawn yn cymryd oes i fynd

drwy'r bocs CDs, ar Radio Cymru fuon ni'n gwrando am oes. Wedyn dyma fi'n sbio drwy'r ffenest a gweld ein bod ni newydd basio Bryncir. Damia! Doedden ni ddim yn mynd i Lundain, felly, na Newcastle na Blackpool.

'Pryd ti'n mynd i ddeud wrthan ni lle 'dan ni'n mynd?' holais.

'Fysa fo ddim yn syrpreis wedyn, na fasa?'

'Gawn ni gesio 'ta?'

'Os ti isio.'

'Caerdydd?' cynigiodd Manon.

'Ella.'

Gwenodd Manon, Dawn a finna ar ein gilydd. Mi fysa Caerdydd yn laff. Briliant.

Ond toc ar ôl Dolgellau, mi drodd Hanna i'r dde.

'Wooo!' meddai Dawn. 'Ddim ffor 'ma ti'n mynd i Gaerdydd!'

'Naci, dwi'n gwbod.'

'Lle ddiawl 'dan ni'n mynd ta?'

'Wel... ddim i Gaerdydd...'

'O, dwi'n gwbod!' meddai Manon yn sydyn. 'Abertawe 'de!'

'Sut le 'di fan'no?' holais.

'Briliant, prysur, lot o hogia del!' meddai Ann.

'Sut ti'n gwbod? Ti rioed 'di bod yno!' medda fi.

'Do tad. Ddoth hi i'r Steddfod efo fi am noson,' meddai Dawn. 'Uffar o hwyl, doedd Ann?'

Y Steddfod... es i'n flin i gyd. Ro'n i jest â marw isio mynd i gampio i'r Steddfod, ond doedd 'na ddim un o'n ffrindia fi isio mynd, byth. Dim ond i Wakestock oeddan nhw'n mynd am fod 'na grwpiau da fan'no, ddim jest ryw betha Cymraeg, crap. Ro'n i'n gwbod hynny, siŵr, ond ro'n i'n dal isio mynd.

Mi fu'r pedair arall yn hel atgofion am eu dyddiau nhw mewn gwahanol Steddfoda wedyn. Wel, tair. Aeth Dawn erioed i'r un Steddfod wedi i ryw foi biso ar ei thent hi a hitha'n cysgu ynddo fo. 'Di Manon ddim yn gallu mynd ers iddi briodi a chael plant, heblaw jest am ddiwrnod os ydi o'n digwydd bod yn weddol agos – ac yn hawdd i wthio pram o gwmpas y lle. Ond mae Hanna'n mynd bob blwyddyn fel wats – am yr wythnos gyfan, ac yn llusgo Ann efo hi ar y penwythnos ola, gan amla.

'Fyddi di'n dal i fynd ar ôl priodi Dylan, Ann?' gofynnodd Manon.

'Dwn i'm. Dibynnu fydd o isio mynd, tydi?'

'Wsnos gynta Awst, pan mae'r hotel brysura? Go brin!' wfftiodd Dawn.

'Ia, 'nes i ddim meddwl am hynna,' meddai Ann.

19

'Ond allet ti ddod am noson hebddo fo,' meddai Hanna. 'Jest am bo chdi 'di priodi, 'sy'm rhaid i ti fod yn sownd ynddo fo rownd rîl, nag oes?'

'Ia, ond tyd mlaen rŵan Hanna,' meddai Dawn, 'priodi ydi priodi – *for better for worse* – a 'di dynes briod ddim fod i fynd i slotian yn Steddfod heb ei gŵr, siŵr.'

'Pam ddim?' gofynnais.

'Achos mi fysa pobol yn siarad! 'Di o ddim yn edrych yn dda nac'di?'

'O, asiffeta, 'dan ni yn yr unfed ganrif ar hugain rŵan, Dawn!' meddai Hanna. 'Mae gan ferched ryddid y dyddia yma 'sti i briodi neu beidio!'

'Wel, Ann, fydd Dylan yn fodlon i chdi fynd off hebddo fo i lefydd fatha'r Steddfod unwaith byddwch chi wedi priodi?'

'Ym, dwi'm yn gwbod. 'Dan ni ddim wedi trafod y peth...'

Ond ro'n i'n gallu gweld bod ei chlustia hi wedi dechra cochi. Roedd 'na rwbath reit *possessive* am Dylan, a doedd Ann ddim wedi mynd i nunlle hebddo fo ers iddyn nhw ddechra canlyn. Y penwythnos yma oedd y tro cynta, erbyn meddwl.

'Dwi'n meddwl mai rhwbath rhwng Ann a

Dylan ydi hynny,' meddai Manon yn dawel. Felly dyma ni'n dechra siarad am rwbath arall.

Stopion ni tu allan i Aberystwyth i gael pisiad ac i Dawn gael ffag. Roedd hi wedi bod yn gaspio ers milltiroedd ond doedd hi ddim yn cael cynnau un yn y car achos doedd y gweddill ohonon ni ddim isio drewi o fwg, diolch yn fawr. Ac mi ffoniodd Manon adre – eto. Roedd hi wedi cael o leia tair sgwrs efo'r plantos bach annwyl fel roedd hi.

Wedyn ymlaen â ni am Aberaeron.

'Os mai i Swansea 'dan ni'n mynd, bydd hi'n troi am Lampeter rŵan,' sibrydodd Dawn. Ond nath hi ddim, jest dal i fynd yn syth yn ei blaen.

'Oi, os mai i Swansea 'dan ni'n mynd, ti 'di dewis uffar o ffordd hir,' gwaeddodd o'r cefn dros sŵn y radio.

'Pwy ddeudodd 'mod i'n mynd i Abertawe?' gwenodd Hanna yn y drych.

'Ffycs sêc, lle sy 'na ar ôl?'

'Uffar o le da. Fyddwch chi 'di gwirioni.'

'Os ti'n landio ni'n blydi Cardigan, ladda i di.'

'O'n i'n meddwl mai sir oedd fan'no,' meddai Manon.

'Aberteifi mae'n feddwl,' meddai Hanna.

'Ia, ond fe alwodd y Saeson y lle'n Cardigan am ei fod o mor boring â chardigan, un *beige*,' chwyrnodd Dawn.

'Paid â siarad drwy dy het,' meddai Hanna, 'a phun bynnag, ddim fan'no 'dan ni'n mynd. Chwi o ychydig ffydd! Dwi 'di deud wrthach chi, byddwch chi wedi gwirioni.'

'Yeah, *whatever*,' meddai Donna a finna 'run pryd.

'Paid â chymryd sylw ohonyn nhw, mae gen i ffydd ynot ti Hanna,' meddai Ann. 'Dwi'n gwbod na fysat ti byth yn trefnu rhwbath fyswn i ddim yn 'i licio.'

'Diolch, Ann,' gwenodd Hanna. Ond roedd 'na rwbath od i'w glywed yn ei llais hi. Roedd yr hogan yn nyrfys. Garantîd.

4. CYRRAEDD

'FFYCIN HEL! ST DAVID'S?!' gwaeddodd Dawn.

'Tyddewi,' meddai Hanna, 'a paid â chwyno, mae'n ddinas. Y lleia ym Mhrydain dwi'm yn deud, ond mae'n ddinas.'

'Mae'n debycach i bentre i mi! Oes 'na hotel *five star* yma neu rwbath?' gofynnais yn obeithiol.

'Dwn i ddim. Ddim gwesty pum seren sy'n gneud tre yn ddinas, sti...'

'Dwi'n gwbod hynny, siŵr! Jest gobeithio bod ti 'di bwcio ni mewn i rwla crand efo *spa* a *jacuzzi* dwi... Dyna pam oedd isio dod â bicinis, ia?'

'Oes 'na *four star* yma 'ta?' gofynnodd Manon.

'Dim clem. Ond mae 'na eglwys gadeiriol 'ma. Dyna pam fod y lle yn ddinas.'

''Dan ni ddim yn aros mewn ffrigin *cathedral*!' gwichiodd Dawn.

'Nac 'dan siŵr. Ond rhwla gwahanol iawn...'

'Ia mwn,' meddai'r tair ohonon ni o'r cefn.

''Dan ni ddim yn campio, nac 'dan Hanna?'

gofynnodd Ann mewn llais bach.

'Nac 'dan siŵr. Ond dwi ddim cweit yn siŵr lle dwi fod i fynd rŵan. Fyny'r stryd yma dwi'n meddwl. Aha – dyma ni.' Ac mi yrrodd i fyny'r ffordd fach gul 'ma yn y tywyllwch. Do'n i'n gweld dim byd ond gwrychoedd. Wedyn dyma hi'n stopio o flaen tŷ mawr tywyll, llwyd. 'Dyma ni, Tŵr y Felin,' meddai.

'Be 'di o?' gofynnodd Ann yn dawel.

'Gwesty. Roedd o'n arfer bod yn felin wynt.'

'O. Neis.'

'Neis? Mae o'n hyll fatha pechod!' meddai Dawn. 'Pa *star* ydi o?"

'Ym… un.'

'UN?!' sgrechiodd Dawn. 'O, blydi briliant, Hanna. Waeth i ni fod mewn tent ddim. A be 'di'r holl ganŵs 'na fan'cw?'

'Gewch chi weld…'

Iawn, doedd y llofftydd ddim yn ddrwg. Ond doedden nhw ddim yn fawr nac yn grand iawn, ac ro'n i'n gorfod rhannu efo Ann a Hanna. Roedd Manon a Dawn jest rownd y gornel. Ac roedden ni i gyd (heblaw Hanna) yn chwys boetsh ar ôl llusgo'n cesys i fyny'r grisiau. Roedd y boi wedi sbio'n wirion arnon ni.

'*I thought you were only staying for two nights?*' meddai.

'*Yes, well...*' dechreuodd Hanna, a chodi'i hysgwyddau.

'*Women...*' medda fo. A nath o ddim cynnig ein helpu ni efo'n bagiau chwaith. Crinc. Oedd, roedd y ffôn yn digwydd canu, a rhyw bobl eraill isio gair efo fo wrth y ddesg, ond 'sa fo wedi gallu cynnig!

Erbyn i ni agor ein bagiau, roedd Ann, Dawn, Manon a finna wedi dod â set o *straighteners* a phetha sychu gwallt! Ac roedd Dawn a Manon wedi pacio haearn smwddio hefyd. Ysgydwodd Hanna ei phen.

''Sach chi wedi gallu rhannu'r blwmin *straighteners*! A faint o siampŵs mae rhywun eu hangen ar gyfer dwy noson?! Rhwng Ann a chdi 'sach chi'n gallu agor siop!'

Rhaid i mi gyfadde, roedd ein gwahanol boteli ni'n edrych fel *battalion* cyfan o sowldiwrs ar hyd silff y sinc, ochr y bath a llawr y stafell molchi. Ond genod ydan ni ynte! Ac mae pob hogan angen siampŵ a *conditioner* a *spray* fel bod *straighteners* ddim yn malu'n gwallt ni. A *styling wax* a *serum*, a rasal a stwff i roi ar ein coesa cyn siafio, a *body cream*, a stwff ogla neis i molchi ynddo fo. A llwyth o fêc-yp, siŵr dduw. Ac roedd stafell molchi'r ddwy arall yn waeth na'n un ni. Ond er ei bod hi wedi dod â phob affliw o bob dim efo hi, roedd Manon wedi llwyddo i anghofio'i brwsh gwallt, o bob dim.

Roedd Hanna wedi dod â photeli bychain *travel size* o bob dim wrth gwrs, a ninna'n cario poteli newydd sbon, llawn.

Doedd 'na ddim digon o hangars, heb sôn am ddigon o le i ni hongian ein dillad yn y wardrobs, ac roedd fy nghês i'n rhy fawr i'w stwffio o dan y gwely. Felly, ar ôl trio dadbacio, roedd y llofft fel *assault course*. Taswn i isio pi-pi ganol nos, mi fyddwn i'n garantîd o dorri 'nghoes neu 'ngwddw neu rwbath.

'Iawn, peint – a bwyd,' meddai Hanna.

'Ond dwi isio cawod a newid gynta!' medda fi.

'Ceri... mae'n hanner awr wedi naw. 'Dan ni i gyd yn llwgu a ti'n edrych yn iawn fel rwyt ti.'

'No wê!' medda fi, ac mi fynnais i newid fy nhop a rhoi mwy o fêc-yp ymlaen. Fel y gwnaeth Ann a'r ddwy arall. 'Di Hanna byth yn gwisgo llawer o fêc-yp beth bynnag. Ond mi ddylai hi. Yn un peth, fasa'i bochau hi ddim hanner mor goch wedyn.

'Asiffeta... iawn, a' i lawr i ofyn os fedran nhw gadw'r gegin ar agor yn hwyrach i ni,' meddai cyn rhedeg lawr grisia. 'Dowch lawr gynta medrwch chi!'

26

Pan aethon ni gyd lawr ryw chwarter awr yn ddiweddarach, roedd hi'n eistedd yn y bar ar ei phen ei hun efo peint o lager hanner gwag o'i blaen. Ac roedd 'na olwg mwy blin nag arfer arni.

'Be sy?' gofynnodd Ann.

''Dan ni'n rhy hwyr i gael swper, dyna be sy. *Chef* wedi mynd ers amser!'

'O na, a dwi'n llwgu!' meddai Manon.

'Duw, gawn ni rywbeth yn dre nes mlaen,' meddai Dawn. 'Yma i yfed ydan ni beth bynnag, ddim i fyta. Be gymwch chi genod?'

'Ond fydd o'n mynd yn syth i 'mhen i os na cha i rwbath i fyta,' meddai Manon, gan edrych fel hogan fach chwech oed. Mae Manon yn un am ei stumog. Dwi angen colli chydig o bwysa oddi ar fy mhen ôl, ond mae Manon angen colli stôn neu ddwy a bod yn onest.

'Fwytest ti un Galaxy Ripple, dwy Hobnob a dau baced o grisps ar y ffordd lawr. A ti'n dal isio bwyd?!' meddai Dawn.

'Bwyd iawn, 'de!' protestiodd Manon. 'Iawn i chdi, y sguthan dena. Ti'n gallu byw ar bygyr ôl, ond dwi ddim. Iawn?'

Mae Dawn yn dena, fatha styllen a deud y gwir. A wastad fel pìn mewn papur. Ac yn newid steil ei gwallt o hyd. Rhyw fath o bòb speici, byr ydi o ar hyn o bryd, ac mae'n edrych reit smart, rhaid i mi gyfadde. Ond mae Manon angen torri'i gwallt. Dwi ddim yn meddwl ei bod hi wedi gneud dim iddo fo ers diwrnod ei phriodas. Ond efo'r ddau blentyn bach swnllyd 'na, mae'n siŵr bod dim amser ganddi. Bechod! 'Nes i warchod iddi unwaith. Byth eto. Nath Mari'r babi ddim byd ond crio a chwydu a llenwi'i chlwt, ac roedd Sion yn waeth nag unrhyw beth welais i ar *Tiny Tearaways* erioed. Neidio a strancio ar y soffa, taflu petha, taflu'i fwyd yn fy wyneb i, pinsio Mari bob munud, gweiddi a mynd ar 'y nerfau i. 'Nes i drio'i roi o ar y *naughty step* ond roedd y diawl bach yn fy nghicio i'n dragwyddol! Ro'n i wedi meddwl bod yn *nanny* neu'n *au pair* yn Llundain neu rwla tan hynny. 'Nes i newid fy meddwl reit handi. Achos ti ddim fod i slapio plant, ac ro'n i wir isio rhoi slap i Sion. 'Nes i ddim. Ond fues i'n waldio ngwely fel peth gwirion ar ôl mynd adra.

Ro'n i'n meddwl ar un adeg bod Manon a Dawn yn mynd i ddechra waldio'i gilydd yn y bar, ond mi nath Ann gamu mlaen i dawelu petha fel arfer.

'Manon, yli, dwi'n siŵr gawn ni bizza neu gebab neu rwbath yn dre yn munud, ond neith un peint ddim drwg i ti, sti. Be gymeri di?'

Wrth gwrs, roedd 'na flas mor dda ar y cynta, aeth hi'n rownd arall – ac un arall wedyn. A dyma ni gyd yn ymlacio, hyd yn oed Hanna – ond roedd hi beint o'n blaenau ni. Dim ond hi a fi oedd yn yfed peintia, roedd y lleill yn mynd am shorts. Southern Comfort a lemonêd i Ann. Dyna beth mae hi'n yfed bob amser, neith hi ddim newid. A Gin a slimline tonic i Dawn a Manon. Mae'r ddwy wastad yn mynnu cael slimline.

'Dach chi'n hapus efo'ch llofftydd 'ta?' gofynnodd Hanna.

'Lyfli,' meddai Ann.

'Dw inna'n hapusach ar ôl gweld y dillad gwely,' meddai Dawn. *'Egyptian cotton.* Neis.'

Doedd gen i ddim syniad be oedd mor sbeshal am *Egyptian cotton*, ond 'nes i ddim gofyn. Do'n i ddim isio tynnu sylw at y ffaith 'mod i ond yn 18 a nhw i gyd yn 23 neu 24.

'Ond does 'na ddim signal mobeil yma,' meddai Manon.

'Duw, oes ots? Gallwn ni neud hebddyn nhw am chydig,' meddai Hanna.

'Yli, mae gen i ddau o blant bach sy isio gallu siarad efo Mam! Tria ddallt!'

'Roedd gen i signal jest i fyny'r ffordd,' meddai Ann. 'Tria di fan'no wedyn. Ond Hanna, ti'n

dal ddim 'di deud pam fod 'na ganŵs tu allan,'
meddai Ann.

'Ym... naddo. Gawn ni weld bore fory, ia?'
O na...

5. Y NOSON GYNTA

PAN GANODD CLOC LARWM anferthol Hanna am hanner awr wedi saith y bore, doedd gen i ddim syniad mwnci lle ro'n i. Ac roedd fy mhen i'n brifo. Roedd 'na rywun yn waldio morthwl y tu mewn i 'mhen i ac roedd 'na gath wedi gneud ei busnes yn fy ngheg i.

'Reit, deffrwch genod!' meddai Hanna yn hurt o fywiog, 'a' i i'r gawod gynta. Fydda i ddim chwinciad. Jest yn mynd i neud yn siŵr bod y lleill wedi deffro'n gynta.' Ac mi fownsiodd allan fel cwningen wedi yfed galwyn o Red Bull.

'Yyyy… faint o'r gloch ydi hi?' gofynnodd Ann o waelod y cwilt yn rhywle.

'Hanner awr wedi blydi saith! Be sy'n bod arni hi?'

'Faint o'r gloch aethon ni i'n gwelyau neithiwr?'

'Tua tri!'

'O mai god.'

Aethon ni i'r dre am fwyd, ac ar ôl llond bag o tsips seimllyd i mewn â ni i'r bar agosa. A myn uffarn i, roedd y lle'n llawn o ddynion. Dynion ifanc, tal, ffit yr olwg. Rhai efo mop o wallt cyrls melyn, rhai efo Grade 3 del iawn, rhai efo lliw haul anhygoel, a rhai efo'r llygaid mwya gorjys weles i rioed. Edrychodd Hanna ar Ann ac Ann ar Dawn a Dawn ar Manon a Manon arna i. Ond ro'n i'n rhy brysur yn glafoerio dros y dynion i sylwi.

'Jacpot!' gwenodd Hanna.

'Bags fi'r un gwallt melyn,' meddai Dawn.

'Oi, o'n i'n meddwl bod cariad gen ti?' meddai Manon. 'A titha hefyd, Hanna!'

Mae Hanna'n canlyn go iawn efo Sel ers oes. Peiriannydd sifil ydi o medda hi, ond 'sgen i ddim syniad be mae hynny'n 'i feddwl. Dwi'n gwbod mai *civil engineer* ydi o'n Saesneg, ond dwi fawr callach. Rhwbath i neud efo concrit a ffyrdd a ballu medda Ann. *Whatever.* Mae o'n foi iawn, chydig yn wirion yn ei gwrw weithia, ond yn dipyn o gês. Ond does 'na ddim sôn am briodi. Ac mae Dawn yn rhyw fath o fynd efo Arthur, ond dwi ddim yn meddwl ei bod hi'n *keen* iawn arno fo.

'Dwi ddim yn canlyn,' meddai Dawn. ''Dan ni jest yn gweld ein gilydd nes daw 'na rywun gwell.'

'Ydi Arthur yn gwbod hynny?' gofynnodd Ann. 'Achos mae o wedi gwirioni efo ti.'

'Ti ddim yn disgwyl i mi aros efo boi sy'n

gweithio yn y goedwig am weddill 'y mywyd, wyt ti?'

'Pam lai? Mae'n job dda.'

'Ddim digon da.'

Wel, roedden ni i gyd yn sbio'n wirion arni ar ôl hynna, ond roedd 'na stêm yn dod allan o glustiau Hanna.

'Ti'n rêl hen ast, dwyt Dawn?' meddai.

'Fi? Sbia adra! Mae'n amlwg y bysat titha'n mynd off efo un o'r bois acw ar unwaith, a chditha i fod yn canlyn yn selog!'

'Mae'n sefyllfa i'n hollol wahanol.'

'Be? Sut?!'

'Yn un peth, dwi'n caru Sel am mai Sel ydi o. Ddim oherwydd 'i waith o.'

'W, miaaw,' meddai Dawn, ond doedd Hanna ddim wedi gorffen.

'Ac yn ail, fyswn i ddim yn breuddwydio ffansïo neb arall taswn i'n meddwl bod Sel mewn cariad efo fi.'

Edrychodd pawb arni'n syn.

'Ond mae o mewn cariad efo ti, siŵr,' meddai Ann. 'Rydach chi efo'ch gilydd ers be... pum mlynedd?'

'Yndan, a 'di o ddim wedi sôn gair am ddyweddïo, heb sôn am briodi.'

'Wel... ella mai disgwyl i ti ddeud rhwbath mae o,' cynigiodd Ann.

'Be? Fi sy fod i ofyn iddo fo? Dim ffiars o beryg.'

'Pam ddim? Wyddwn i rioed dy fod di mor henffasiwn,' meddai Dawn yn sych. Doedd hi ddim wedi anghofio bod Hanna newydd ei galw hi'n ast.

'Ella 'mod i,' meddai Hanna, 'ond dwi'n meddwl mai'r dyn ddyla ofyn. Iawn?'

'Pam?'

'Dyna pam!'

'Sut fath o ateb ydi hynna, Hanna?' gofynnodd Dawn. 'Plant bach sy'n deud "dyna pam"!'

'Yli, 'sgen i ddim mynadd cega am hyn rŵan. 'Di o ddim yn mynd i ofyn i mi ei briodi o a dyna fo. A chan ein bod ni ddim wedi dyweddïo, mae gen i hawl sbio ar ddynion eraill.'

'A finna hefyd, felly!' meddai Dawn yn ei gwyneb hi.

''Nes i ddim deud bo gen ti ddim!' poerodd Hanna yn ôl.

'Do tad!'

'Naddo!' meddai Manon. Jest fel roedd dwrn Hanna'n codi...

'Fi gododd y peth a dwi'n difaru na fyswn i wedi cau ngheg rŵan,' medda fi.

'A finna,' meddai Ann yn drist. 'Plîs peidiwch â ffraeo ar fy noson cwennod i...' Roedd 'na sglein rhyfedd yn ei llygaid hi. O mai god.

Roedd hi'n mynd i grio!

'Dach chi ddim yn mynd i neud i'n chwaer i grio, no wê!' medda fi, wedi gwylltio'n syth. 'Dach chi'n bihafio fatha plant. A fi ydi'r babi yma i fod! Deudwch sori wrthi – ac wrth eich gilydd – rŵan!'

Dwi'n meddwl 'mod i wedi cael cymaint o sioc ag a gawson nhw. Ro'n i'n swnio fel rêl athrawes. Eniwê, mi weithiodd, ac ar ôl i bawb fwmblan sori wrth ei gilydd a rhoi eu breichiau am ysgwyddau ei gilydd, mi glecion ni'n gwydra ac ordro rownd arall reit handi. Roedd syched arnon ni i gyd am wahanol resymau, a'n rheswm i oedd 'mod i isio'r gyts i drio dal llygaid y boi efo'r gwallt hir melyn. Do'n i ddim yn mynd i adael i Dawn ei gael o heb ffeit.

Ond erbyn i mi deimlo'n barod i fflytro bob dim oedd gen i arno fo, roedd 'na blwmin hogan mewn jîns blêr yn eistedd ar ei lin o. A llwyth o ferched eraill yn hofran o gwmpas y bois eraill hefyd. Genod lleol, garantîd.

'Wel cachu hwch,' meddai Dawn.

'O wel, ella gewch chi well lwc fory, genod,' gwenodd Ann a chychwyn am y tŷ bach. A dyna foi tal, gwallt tywyll yn trio'i phasio efo'i beint o Guinness. Bang. Aeth ei hanner o drosti, nes roedd ei chrys bach gwyn, del hi'n bell o fod yn wyn.

'*O Jesus, I'm sorry,*' meddai'r boi mewn acen Wyddeleg lyfli.

'*O no, it was my...*' dechreuodd Ann, ond methodd hi gyrraedd '*fault*'. Dwi ddim yn meddwl bod y lleill wedi sylwi, ond mi wnes i. Nath eu llygaid nhw gyfarfod, ac roedd o fel pwyso'r botwm '*pause*' ar y DVD. Jest am eiliad, ond mi ddigwyddodd. Ond mi gochodd Ann at ei chlustiau'n syth wedyn a'i heglu hi am y tŷ bach. Aeth Hanna a Manon ar ei hôl hi'n gyflym i'w helpu hi drio glanhau ei hun. Roedd hyn yn gadael y Gwyddel, fi a Dawn.

'*I'm really sorry about that,*' medda fo. '*Will she be alright?*'

'*I don't think it's life threatening,*' medda fi. '*Yeah, she'll be fine.*'

'*The things you men do to get a girl to take her top off,*' medda Dawn, gan drio gneud ceg fel Angelina Jolie. Nath o drio hanner chwerthin, ond doedd gan Dawn mo'r *comic timing* oedd ei angen. Felly roeddan ni gyd yn embarasd wedyn.

'*Yeah, well, if I can buy her a drink or something...*' medda fo.

'*No, don't worry,*' medda fi.

'*Yes, you should,*' medda Dawn. '*She's on her hen night.*'

Roedd 'na eiliad bach o oedi cyn iddo fo

ddeud, *'Her hen night? Oh. Right. Well, what's she drinking?'*

'Southern Comfort and lemonade,' meddai Dawn. *'Double.'* Ro'n i isio rhoi cic iddi. Mi brynodd o'r ddiod a'i rhoi hi i mi. Gofynnodd i mi ymddiheuro ar ei ran o eto, cyn mynd drwadd i stafell arall.

Roedd y genod wedi golchi'r top yn y sinc a'i sychu dan y peth sychu dwylo. Ond roedd y staen yn dal yna, fel llaw fawr felen. Roedd Ann wedi cael digon. Dyna ddeudodd hi, ond dwi'n meddwl mai isio osgoi'r Gwyddel oedd hi. Felly aethon ni 'nôl i far y gwesty. Doedd 'na neb tu ôl i'r bar, ond roedd 'na *honesty book* lle roeddan ni fod i sgwennu lawr be bynnag oeddan ni'n yfed. Syniad peryg, yn enwedig efo potel o Tequila ar y silff. A dyna pam aethon ni ddim i'n gwelyau tan dri a pam fod gen i ben fel bwced.

A rŵan roedd Hanna 'nôl yn canu dros y lle.

'Dowch mlaen, genod! Yn y bora ma'i dal hi!'

Sa gen i fwced o ddŵr 'swn i wedi dal ei phen hi ynddo fo.

6. DYDD SADWRN

DWI DDIM YN GWBOD sut llwyddodd hi, ond roedd
Hanna wedi cael pob un wan jac ohonan ni
lawr i'r lle brecwast erbyn 8.30. Roedd hi'n
edrych fel tasa hi wedi cael deg awr o gwsg a
llwyth o *Botox*. Ond roedd Manon yn edrych
yn ddiawledig. Roedd ei gwallt hi bob sut, ei
hwyneb hi'n llwyd a'i llygaid hi'n graciau coch
i gyd. Mi fysach chi'n meddwl y bysa hi wedi
arfer efo dim cwsg, a hitha efo'r ddau blentyn
swnllyd 'na adra. Ond doedd hi ddim wedi arfer
efo alcohol ar ben bob dim, nag oedd? Bechod.

Tasa Dawn ddim wedi rhoi tunnell o fêc-up ar
ei gwyneb, mi fysa hitha'n reit welw hefyd. Ond
fel roedd hi, roedd y gwefusau coch, coch 'na'n
brifo fy llygaid i. Ac roedd ei phen hi'n brifo
hefyd, meddai hi. Dydi Ann byth yn edrych
yn ddrwg yn y bore. Ond roedd ei llygaid hi
fymryn yn llai nag arfer. A fi? Do'n i ddim yn
ddrwg, deud gwir. Ond dwi'n ifanc!

Doedd gen i ddim awydd bwyd – nes i mi
ei weld o. Ffrwythau, iogyrts a wyau wedi'u
sgramblo oedd yn neisiach nag unrhyw wyau

wedi'u sgramblo ges i rioed.

'*Free range*, gneud gwahaniaeth,' medda Hanna. 'A maen nhw'n gneud y bara eu hunain.'

'Ia, neis iawn,' meddai Dawn. 'Ond be dwi isio'i wbod ydi pam dy fod ti wedi mynnu gneud i ni godi mor gynnar?'

'Am fod gynnon ni ddiwrnod llawn o'n blaena, de.'

'Llawn o be?' gofynnodd Manon yn amheus.

'Rhei 'cw fan 'cw,' meddai Hanna, gan nodio'i phen at lwyth o ddynion ffit, del oedd yn sefyllian a sgwrsio tu allan. Un efo gwallt hir cyrls melyn.

Be?!

'Mae hwn yn westy arbennig iawn,' meddai. 'Maen nhw'n cynnig pob math o weithgareddau awyr agored hefyd.'

'A be yfflon 'di hynny?' gofynnais. 'Swnio chydig bach yn *kinky* i mi.'

Chwerthin wnaeth Dawn. 'Wyt ti wir wedi trefnu'n bod ni'n cael orji allan mewn rhyw gae efo'r hogia 'cw?'

'O Hanna, ti ddim?' gofynnodd Manon yn boenus.

Edrychodd pawb ar ei gilydd a phwffian chwerthin.

'Manon,' meddai Ann yn garedig, gan roi ei llaw ar ei braich hi, 'dwi'n meddwl mai canŵio ac ati ydi gweithgareddau awyr agored. A'r hogia 'na fydd yn ein dysgu ni. Dwi'n iawn, tydw Hanna?'

'Wyt.'

Rŵan, tasa Hanna wedi deud o'r cychwyn cynta mai mynd i ganŵio oeddan ni, fyswn i ddim wedi dod. Ond rŵan 'mod i wedi gweld pwy oedd yn mynd i'n dysgu ni, wel, diawl ...

''Dan ni'n cael un yr un?' gofynnais, gan sbio i gyfeiriad y boi gwallt melyn drwy'r ffenest.

'Go brin. Un rhwng y pump ohonan ni, fwya tebyg.'

''Dan ni'n cael dewis pa un 'dan ni isio ta?' gofynnodd Dawn, gan sbio i'r un cyfeiriad â fi'n union, yr ast.

'Dwi ddim yn gwbod,' meddai Hanna, oedd yn gwenu go iawn rŵan, 'ond gan ein bod ni fod i gyfarfod y boi sy'n trefnu am naw...'

'Helô!' meddai dyn bach joli yr olwg, oedd newydd gerdded aton ni. '*Are you the North Walians then?*'

Roedd ganddon ni ddewis o betha i'w gwneud: canŵio, dringo, syrffio a rwbath o'r enw '*coasteering*' oedd yn golygu rhyw fath o ddringo a gwlychu a nofio. Ond dim ond tri roedden ni wedi talu amdanyn nhw, a doedd ganddon ni ddim ond amser i dri, beth bynnag.

'Dwi ddim isio dringo. Gen i ofn *heights*,' meddai Manon. Ond wedyn nath y dyn ddeud ella y bysa hyn yn gneud iddi ddod dros yr ofn. A'i fod o'n ddigon tebyg i *coasteering*, dim ond ei bod hi ar raff, ac felly'n saffach.

'Dwi'n dal ddim isio'i neud o,' meddai. 'A dwi'n bendant ddim isio gneud y peth costa rowing 'na chwaith.'

'*Coasteering*,' medda fi.

'Dyna ddeudis i.'

''Nes i drio syrffio ar fy ngwylia ryw dro, ac oedd o'n blydi amhosib,' meddai Hanna. Wel, os nad oedd Hanna'n gallu syrffio, doedd gan y gweddill ohonan ni ddim gobaith. Mae hi'n ffit ac yn chwarae hoci bob penwythnos.

'Pa un ydi'r hawsa?' gofynnodd Ann. Canŵio, yn ôl y boi. Roedd ganddyn nhw ganŵs oedd yn amhosib eu troi drosodd. Ia, ia... Do'n i ddim yn credu gair.

'Iawn, be am neud hwnnw gynta a gweld sut eith hi?' meddai Ann. Felly dyma'r boi yn rhoi hwnnw lawr ar gyfer y bore, coasteerio ar gyfer y pnawn (gan y bydden ni'n wlyb yn barod) a dringo ar gyfer y bore Sul.

'Y bore?' meddai Hanna. 'Na. Be am ar ôl cinio? I ni gael dod dros ein penmaenmawrion.'

Dyna mae hi'n galw hangofyrs.

'Ia, i ni gael gneud noson iawn ohoni heno,' meddai Dawn.

'Be goblyn oedd neithiwr ta?' gofynnodd Manon mewn braw.

'Practis,' gwenodd Ann.

'Ylwch, dw i'n fodlon dod i ganŵio,' meddai Manon, 'ond mi gewch chi fynd hebdda i pnawn 'ma. A' i i neud chydig bach o siopa.'

'Ddo i efo chdi, a dwi ddim yn mynd i ddringo fory chwaith,' meddai Dawn. 'Dwi wedi gwario gormod ar y *french polish* 'ma i falu 'ngwinadd ar ryw greigia.' Dechreuodd Hanna rowlio'i llygaid, ond ar ôl cael pwt yn ei hochor gan Ann, ddeudodd hi ddim byd. Doedd Manon ddim yn edrych yn rhy hapus chwaith, erbyn meddwl.

'Ond be os mai'r boi gwallt melyn fydd efo ni?' gofynnais i Dawn efo gwên ddiniwed.

'O ia. Do'n i ddim wedi meddwl am hynny... Fo fydd efo ni, ia Hanna?'

'Dwn i ddim. Dos i ofyn iddo fo os ti isio.'

Mi gododd Dawn ar unwaith. Felly mi godais inna hefyd, ac allan â ni i'r haul at y dynion.

'Haia,' meddai Dawn, jest fel cyrhaeddodd y tair arall, bob un yn wên o glust i glust. '*Ym... I was... we were just wondering which one of you handsome men was going to have us. I mean take us. Canoeing I mean.'*

Gwenodd y pedwar arnon ni. Argol, roeddan nhw'n ddel.

'I'm afraid we're all waiting for some youth club,' meddai'r boi gwallt melyn mewn acen feddal, rwla ochra Devon, ffor'na. *'I think you're with Brend.'*

Brend? BREND?! Be oedd hynna? Byr am Brenda? Na!

'So where is Brend?' medda Dawn, yn dal i drio gwenu'n ddel ar y boi gwallt melyn.

'Oh, our Brend is always a bit on the laid-back side. No worries, we'll get you kitted out while we're waiting.' A dyma nhw'n ein harwain ni at ryw dent fawr tu ôl i'r coed.

'Dwi ddim yn coelio hyn,' chwyrnais wrth Dawn. 'Yr holl ddynion del 'ma a 'dan ni'n cael ein landio efo ryw hogan. A honno'n hwch ddiog hefyd!'

'Dwi'n bendant ddim yn mynd i ddringo rŵan,' meddai Dawn. 'Oi, Hanna? Roeddat ti'n meddwl bod yn glyfar rŵan. Gneud i ni feddwl mai efo'r hogia yma fydden ni, ac anghofio'r sioc am y blydi canŵio. Dyna oeddat ti'n neud ynte?'

'Naci tad,' meddai Hanna. 'Unwaith fyddwn ni allan ar y môr 'na, fyddwch chi wrth eich bodda.'

'Ein bodda?' meddai Dawn. 'Ein boddi ti'n feddwl! Fydda i wrth 'y modd yn dy foddi di, mêt. I feddwl 'san ni 'di gallu cael *limousine*...'

'O, rho gyfle iddi,' meddai Manon yn biglyd. ''Dan ni yma rŵan. Waeth i ni drio gneud y gora ohoni.'

Edrychodd Dawn yn hyll arni, yna troi i ffwrdd. Doedd y ddwy yna'n amlwg ddim yn dod ymlaen o gwbl. Roedd eu rhoi yn yr un llofft wedi bod yn fistêc, ella.

Roedd yr hogia'n aros amdanon ni wrth resi ar resi o *wet suits* yn hongian ar hangyrs. A 'nes i sylwi bod eu llygaid nhw'n sbio arnon ni i fyny ac i lawr. Gwenais i'n ddel yn ôl, nes i mi ddallt mai trio penderfynu pa seis *wet suits* fyddai orau. *Small* oedd Ann a Dawn wrth gwrs, *medium* i Hanna a fi, a *large* i Manon.

'Oedd rhaid iddyn nhw ei neud o mor amlwg?' cwynodd Manon, wedi cochi braidd.

'Diolcha,' meddai Dawn. 'Gallen nhw fod wedi rhoi *extra large* i ti.'

'Paid â chymryd dim sylw ohoni,' sibrydodd Ann. Ond roedd 'na stêm yn dod allan o glustiau Manon.

Wedyn cawson ni helmed, y petha mwya hyll welsoch chi erioed, a siaced achub, ac ordars i fynd i newid. A gwisgo'n gwisg nofio o dan y siwtia.

'Dyna pam oedd rhaid i ni ddod â gwisg nofio,' meddai Ann. 'Dallt rŵan.'

'O mai god, sbiwch,' meddai Manon. A dyma ni gyd yn troi i weld be oedd wedi gneud iddi gochi eto. Roedd yr hogia i gyd allan ar y gwair yn tynnu'u dillad – i lawr i'w tronsia nofio! Ew, roedd 'na siâp da arnyn nhw. Cefnau fel triongla a'u pen i lawr, ac yn fysls tyn i gyd.

'*Mmm... not an ounce of excess fat,*' meddai Dawn.

'Pawb at y peth y bo,' meddai Manon. 'Well gen i ddyn mwy cydli fy hun. A cyn i ti ddeud dim am fy siâp i, Dawn, mae 'na lot o ddynion yn licio rhwbath i afael ynddo fo hefyd.'

Roedd Dawn mewn gymaint o sioc bod Manon wedi ateb yn ôl fel 'na, ddeudodd hi ddim gair.

Dydi hi ddim yn hawdd gwasgu mewn i lathenni o *neoprene*. Ro'n i'n chwys diferol erbyn i mi wasgu fy hun i mewn a chael Ann i gau'r sip yn y cefn. Ond roedd bochau Manon druan fel tomato.

Allan â ni eto, pob un yn dal siaced achub a helmed. Oedd, roedd hyd yn oed Dawn yn swil i ddangos ei *curves*. Yn enwedig gan fod 'na lond tri bws mini o hogia ifanc rhyw glwb ieuenctid o ochra Bristol wedi cyrraedd.

Ond doedd 'na ddim golwg o Brenda. Roedd

yr hogan yn dechra cymryd y mic rŵan. Eisteddodd pawb ar fainc y tu allan. Mi ddoth y rheolwr â bag brown o frechdanau i ginio i bob un ohonon ni, ac mi daniodd Dawn ffag.

'Damia. Dwi isio pi-pi rŵan,' meddai Manon.

''Nest ti ddim gneud cyn gwisgo dy *wet suit*?' gofynnodd Hanna.

''Nes i anghofio, do!' A dyma hi'n diflannu 'nôl i mewn i'r tŷ.

A dyma gar cronclyd yn cyrraedd ar ras wyllt, a dyn tal gwallt tywyll yn dringo allan. Roedd o'n gwisgo siwt wlyb.

'Hei, sbia pwy ydi o,' medda fi wrth Ann. Mi drodd hi'n binc yn syth. Y boi oedd wedi tywallt y Guinness drosti! Dyma'r boi gwallt melyn yn codi llaw arno fo, a gweiddi, '*That's your group over there, Brend!*'

Brend? O mai god! Mi wenodd a cherdded tuag aton ni.

'*Hello, I'm Brendan,*' medda fo yn yr acen Wyddeleg gorjys 'na. '*I'm really sorry I'm late. Had a problem with the car.*'

7. Y GWYDDEL

'*I THINK WE'VE ALREADY MET*,' meddai wrth Ann ac estyn ei law. Dim ond nodio'i phen nath Ann. Roedd hi'n cael trafferth sbio arno. Ond pan ysgwydodd hi ei law o, mi nath hi fentro sbio i fyny. Ping! Aeth hi'n binc eto. O diar! Roedd 'na *chemistry* anhygoel rhwng y ddau yma. A ti ddim isio *chemistry* fel 'na pan ti'n gwisgo modrwy dyn arall.

'*We've met as well,*' meddai Dawn, gan estyn ei llaw hitha. A dyma fo'n ysgwyd llaw pawb. Llaw fawr, gref heb ddim ofn cydio'n iawn i ysgwyd llaw.

'*Right, let's get the mini bus sorted,*' meddai.

'Tydi'r acen Wyddeleg 'na'n hyfryd?' meddai Hanna, a ninnau'n ei ddilyn o erbyn hyn. Dim ond nodio wnes i, a ddeudodd Ann ddim byd.

'Ma'i din o'n reit ddel hefyd. Fyswn i ddim yn ei gicio fo allan o 'ngwely,' meddai Dawn. 'Fysat ti, Ceri?'

'Ym...'

Mi drodd Brendan i wenu arnan ni cyn i mi ateb.

'*Have you all got your packed lunches?*' gofynnodd. Nodiodd pawb.

''Swn i no we José yn ei gicio fo allan o'r gwely!' meddai Dawn wedyn. 'Un ai mae o'n hogyn mawr neu mae o wedi rhoi ei bacd lynsh ei hun yn y lle rhyfedda...'

Damia hi, do'n i ddim wedi sbio fan'no tan hynny. Ond roedd hi'n iawn. Es inna'n binc fel Ann. A dyna pryd redodd Manon aton ni.

'Hwn ydi Brend?' gofynnodd.

'Ie. Brendan. Falch iawn i'ch cyfarfod chi,' meddai Brendan.

O MAI GOD!

Mi nath Ann a Hanna sgrechian a dechra chwerthin yn syth, a 'nes inna ryw fath o wich bathetic, ond roedd 'na olwg isio chwydu ar Dawn.

'Ti'n siarad Cymraeg!' sgrechiodd Hanna.

'Ydw.'

'A ti'n dallt bob dim 'dan ni'n ddeud?'

'Ydw,' meddai efo gwên ddrwg. Nath Dawn ryw sŵn rhyfedd yng nghefn ei gwddw.

'Ond sut? Gwyddel wyt ti,' medda fi.

''Wy wedi bod yn cael gwersi Cymraeg ers dwy flwyddyn.'

'Dwy flynedd,' medda Hanna.

'Ie,' gwenodd. 'Mae'n help mawr pan mae rhywun yn cywiro fy ym... *mistakes?*'

'Camgymeriadau,' meddai Hanna.

'Ia, ond mistêcs mae pawb yn 'i ddeud,' medda fi'n syth. Argol, mae Hanna'n gallu bod mor *annoying* weithia.

'Pam?' gofynnodd o i mi.

'Y? Pam be?' Oedd o'n gallu darllen fy meddwl i neu rwbath? Be wn i pam fod Hanna'n gallu bod mor *annoying*?

'Pam mae pawb yn dweud mistêcs yn lle camgymeriadau?'

'O. Ym... am 'i fod o'n haws.'

'Beth? Mae'n haws defnyddio gair Saesneg yn lle eich gair chi?'

'Ym...' Syniad uffernol a do'n i ddim yn gwbod be i'w ddeud.

'Mae 'na lawer iawn o Gymry Cymraeg yn uffernol o ddiog,' eglurodd Hanna, 'a ti'n gwbod 'nest ti ddeud "defnyddio" rŵan. Wel "iwsio" mae'r ddwy yma'n ei ddeud.'

Roedd hi'n sbio arna i a Dawn, y jadan. Mae'n rhaid bod Ann wedi gweld 'mod i'n dechra gwylltio, achos deudodd hi wrth Brendan, 'Ti'n siarad Cymraeg yn dda iawn.'

'Diolch.'

'A dim ond ers dwy flynedd wyt ti'n dysgu? Ti 'di gneud yn dda. 'Nes i bum mlynedd o Ffrensh – Ffrangeg – yn yr ysgol a dwi'n cofio fawr ddim, heblaw "*un café au lait, s'il vous plaît*" a "*Claudette est dans le jardin*".'

Doedd hynna ddim yn ddigri iawn ond mi nath o chwerthin fel tasa fo y peth mwya *witty* – ocê ta, ffraeth – glywodd o rioed.

'Pam fod Dawn yn edrych fel tasa hi 'di cael hartan?' sibrydodd Manon yn fy nghlust i. Roedd hi'n dal yn welw a ddim wedi deud gair ers sbel. Ha!

Eglurais i wrth Manon yn y bws mini, a chwerthodd hi gymaint, roedd hi'n crio.

'Da Dawn!' Taflodd Manon y geiriau ati. 'Rhaid iti feddwl cyn agor dy geg!'

Mi gododd Dawn ei bys arni, ac nid ei bys bach. Yna troi 'nôl i sbio drwy'r ffenest.

Cyn pen dim, roeddan ni wedi cyrraedd Porth Glais, yr harbwr bach delia rioed. Y math o le sy'n gneud i chi ofyn pam 'dan ni'n trafferthu mynd dros y môr a llefydd mor ddel yng Nghymru.

Ac yno, yn agos i'r dŵr, roedd y canŵs. Mi agorodd Brendan y clo a dechrau eu pasio i ni fesul dwy, un yn cario'r blaen a'r llall yn cario'r cefn.

'Maen nhw'n blydi trwm!' meddai Manon.

'Dyna pam rydyn ni'n cadw'r canŵs man hyn,' meddai Brendan. 'Byddai gyda chi breichiau fel Orang Utangs os ni'n gorfod cario nhw o'r bws mini.'

'Dydyn nhw ddim yn edrych fatha canŵs chwaith,' meddai Hanna.

'Na, mae rhain yn canŵs arbennig, amhosib eu troi drosto – *sit on tops.*'

'Be? 'Sgen ti ddim enw Cymraeg iddyn nhw?' meddai Dawn yn sbeitlyd, ac yn amlwg wedi dod o hyd i'w thafod eto. Yn anffodus.

'Allwch chi feddwl am enw Cymraeg i fi?'

'"Ista ar ben" yn swnio braidd yn chwithig,' medda fi.

'Chwith beth?' gofynnodd.

'Chwithig. Ym... *lefty*?'

'Naci siŵr! *Awkward* neu *clumsy*!' meddai Hanna. 'Ond alla i ddim meddwl am enw Cymraeg call chwaith.'

'Eistebens!' cynigiodd Manon.

'Jest "Bens",' meddai Ann.

'Wel ie, dw i'n hoffi hynna,' meddai Brendan. 'Pawb ar eu Bens!' Beryg bod hwn yn mynd i 'hoffi' bob dim roedd Ann yn ei ddeud drwy'r dydd. Oedd o'n cofio ei bod hi ar fin priodi?

Roedd dringo ar ben y canŵs o'r concrit yn rhyfeddol o hawdd. Ac roeddan nhw lot, lot haws eu trin na'r canŵs gawson ni yng Nglan-llyn ers talwm. Ro'n i'n disgyn i mewn i'r dŵr o hyd efo rheiny, ond roedd rhain yn solat dan 'y nhin i, heb woblo dim.

'Hei! Mae hyn yn hawdd!' gwenodd Manon, gan badlo'n hamddenol rownd yr harbwr.

'Gawn ni fynd allan am y môr, Brendan?' gofynnodd Hanna.

'Cewch wrth gwrs. Bant â chi!'

'Ond mi fydd 'na donnau yno!' meddai Ann.

'Paid â bod ag ofn. Dim ond *slight to moderate* yw'r tonnau heddi, a bydda i gyda ti,' meddai Brendan. Y smŵddi!

A dyma ni i gyd yn padlo rownd y gornel, nes roedden ni allan yn y môr mawr. Roedd 'na donnau go fawr weithia, ond roedd y canŵs yma jest yn torri drwyddyn nhw. Dim problem. Roedd o'n blydi ffantastic! Mi fuon ni'n padlo i mewn ac allan o ogofâu, yn bobian i fyny ac i lawr yn piso chwerthin. Mi roedden ni'n padlo drwy lefydd cul rhwng creigiau, pan nath un don osod Dawn yn daclus hanner ffordd i fyny craig. Mi fuodd hi yno yn hir hefyd, achos roedd y gweddill ohonan ni'n chwerthin gormod i weiddi ar Brendan i fynd yn ôl i'w helpu. Ac roedd Manon yn chwerthin yn fwy na neb.

'Ti'm wedi cymryd at Dawn, naddo?' gofynnais iddi wedyn.

'Naddo, ddim felly.'

'Does ganddi mo'r help, sti,' medda fi. 'Mae hi jest yn deud y petha 'ma heb feddwl. Ond 'di hi ddim yn 'i feddwl o.'

'Os ti'n deud. Ond mi fyswn i lot hapusach tasa hi wedi cadw un stori iddi hi ei hun neithiwr.'

'O? Pa stori?'

Roedd hi ar fin deud, pan stopiodd ei hun. 'Dim ots. Dim byd. Anghofia fo,' meddai, a phadlo i ffwrdd yn gyflym.

Y? Ro'n i'n flin wedyn. Gas gen i pan fydd rhywun yn dechra deud stori a ddim yn ei gorffen hi. Ond wedyn mi ddoth 'na forlo bach i nofio yn ein canol ni, ac roedd ei lygaid o mor ddel, anghofiais i bob dim am fod yn flin.

8. Y SIOC

Cawson ni'n cinio ar glogwyn uwchben y môr. Argol, roedd hi'n braf yno yn sbio lawr dros y creigiau. Ac roedd y brechdanau'n lyfli, a dwi ddim yn licio tiwna fel arfer.

'Wel? Dal i freuddwydio am y *limousine* gwyn, genod?' gofynnodd Hanna.

'Na, ro'n i'n teimlo dipyn mwy sbeshal yn fy nghanŵ melyn!' gwenodd Ann. 'Diolch i ti am feddwl am rwbath mor wahanol, Hanna. Mae o'n ffantastig.'

''Nes i fwynhau hynna hefyd,' medda fi.

'A finna,' meddai Manon, ond ddeudodd Dawn ddim byd.

'Ydych chi'n barod am y *coasteering*?' gofynnodd Brendan. 'Dw i ddim yn gwybod beth ydy hynny yn Gymraeg.'

'Nawn ni ddeud wrthat ti ar ôl i ni ei neud o,' meddai Ann. 'Dach chi'ch dwy'n gêm i'w neud o rŵan?' gofynnodd i Manon a Dawn.

'Duw ia, pam lai,' meddai Manon. 'Os galla i ganŵio drwy'r tonnau fel 'na, alla i neud rhwbath!'

'Da iawn ti Manon!' chwarddodd Brendan. *'That's the spirit!* Beth am ti, Dawn?'

'No, don't think so,' meddai honno. *'I'd rather go back to the hotel if you don't mind.'*

Be oedd gêm hon, yn siarad Saesneg efo fo fel 'na? Roedd o fel rhoi slap yn ei wyneb o. Ac os oedd Manon, o bawb, yn gêm i neidio oddi ar glogwyni, be oedd yn stopio Dawn? Roeddan ni gyd yn meddwl 'run peth, ond neb efo'r gyts i ddeud dim.

'Iawn, os wyt ti'n siŵr,' meddai Brendan yn y diwedd.

'Ond ti'n wastio dy bres,' meddai Hanna. 'Ti wedi talu am hwn yn barod.'

'Dim ots. Dwi ddim isio'i neud o. *Can you take me home, please, Brendan?'*

Aethon ni i gyd yn ôl yn dawel am y bws mini.

'Be ffwc sy'n bod arni?' sibrydodd Hanna.

''Di ddim yn licio edrych fel drong,' medda fi, 'er mai drong ydi hi.'

'O, chwarae teg. Bosib mai neithiwr sy wedi dal i fyny efo hi,' meddai Ann. 'Nath hi yfed lot gormod, yndo?'

'Do...' meddai Manon.

'Be? Fuodd hi'n sâl?' gofynnodd Ann.

'Na. Ond mi fues i.'

'O, do? Ond ti'n iawn rŵan, wyt?'

'Blas drwg dal yn 'y ngheg i, ond dwi'n iawn, diolch i ti,' meddai Manon.

Mi 'nes i edrych arni'n ofalus. Roedd 'na rwbath yn bendant yn bygio'r hogan, ond doedd hi ddim yn fodlon deud. Ac roedd 'na rwbath yn deud wrtha i na ddylwn i ddim holi. Ddim o flaen y lleill, beth bynnag.

Wedi gadael Dawn wrth y gwesty, i ffwrdd â ni am fae Santes Non. Hi oedd mam Dewi Sant, mae'n debyg. Wedi parcio wrth ryw gapel ynghanol nunlle, dyma ddilyn llwybr lawr at y creigiau. Roedd yr olygfa'n anhygoel – yr awyr a'r môr yn las, las, a blodau o bob lliw ar hyd y clogwyni. Roedd Ann a Hanna'n mwydro pen Brendan yr holl ffordd a Hanna'n mynnu ei gywiro fo o hyd. Felly ro'n i'n cerdded jest o flaen Manon. Ond roedd hi'n llusgo'i thraed ac yn cicio chipins.

'Be sy'n bod, Manon?'

'Dim byd.'

'Tyrd 'laen. Mae 'na rwbath yn dy gnoi di. A ddim ofn neidio mewn i'r dŵr 'ma ydi o.'

'Does dim byd yn bod. Iawn?'

'Hiraeth am y plant ydi o?' gofynnais, gan drio swnio'n debycach i Ann.

'Naci. Mae'n braf peidio clywed "Mam, Mam" weithia.'

'Ydi, mae'n siŵr. Felly be sy?'

Stopiodd yn stond a sbio i fyw fy llygaid.

'Os dwi'n deud, mae'n rhaid i ti addo na ddeudi 'di 'm byd.'

'Dim byd wrth bwy?'

'Ann. A Hanna. Na Dawn...'

'O. Iawn, ocê, dwi'n addo.'

'Cris croes tân poeth?'

'Y? Iawn, hwnnw hefyd!' Argol, roedd angen i hon adael y plant yn fwy aml.

'Iawn...' meddai cyn cymryd gwynt a sadio'i hun.

'Rhwbath ddeudodd Dawn wrtha i yn ei chwrw neithiwr.'

'Ia... ?'

'Methes i gysgu wedyn a dwi 'di bod yn teimlo'n sâl drwy'r dydd.'

'O. Wela i. Ond be ddeudodd hi i styrbio gymaint arna chdi?'

'O hec... dwi ddim isio deud.'

'Yli, fyddi di'n teimlo'n well ar ôl cael deud wrth rywun.' Ro'n i'n dechra colli 'mynedd rŵan.

'Ond... ti wedi addo peidio deud, cofia.'

'Do. Cris croes tân poeth, ar fedd fy mam.'

'Ond mae dy fam di'n dal yn fyw.'

'Ia, yndi, ond... Ar y Beibl ta!'

'Iawn. Ocê.' Cymrodd ei gwynt eto, a deud,

'Mae Dylan wedi bod yn anffyddlon i Ann.'

Y? Doedd hyn ddim yn gneud sens. Dylan? Y boi oedd wedi gofyn i'n chwaer i ei briodi o? Wedi bod efo rhywun arall? Ac ynta wedi dyweddïo?!

'Be ti'n rwdlan? Pryd? Efo pwy?'

'Fwy nag unwaith... dros y misoedd dwytha 'ma.'

'Be? Efo pwy?!'

'Dawn.'

Ro'n i isio chwydu.

'Dawn? Dawn ni? Dawn, ffrind Ann?'

Nodiodd Manon ei phen bob tro ddeudis i'r enw.

'Ti'n gweld rŵan pam 'nes i ofyn i ti addo peidio â deud.'

'Nac dw! Mae'n rhaid i ni ddeud wrth Ann!'

'Ond na, fedri di ddim! Neith o dorri'i chalon hi!'

'Mi fysai'n torri'i chalon yn waeth tasa hi'n ffendio allan bo ni ddim wedi deud wrthi!'

'Ti'n iawn. O damia, dwi ddim yn gwbod be i neud...'

'Dwi'n gwbod yn iawn be dwi'n mynd i neud. Lladd y ffwcin Dawn 'na! Y blydi wyneb! Yn dod ar ei phenwythnos cwennod hi hefyd!'

'Ceri, paid â bod yn wirion. Mi fysa'n difetha'r penwythnos yn rhacs tasat ti'n dechra dyrnu

Dawn. Penwythnos cwennod Ann ydi o, cofia.'

'Ia, penwythnos cwennod ar gyfer priodi Dylan. A fydd hi ddim isio'i briodi fo ar ôl clywed am hyn, na fydd?'

'Sut wyt ti'n gwybod?'

'Y?! Neith hi byth fadda iddo fo!'

'Sut elli di fod mor siŵr? O damia! Mae'r lleill yn gweiddi arnan ni.'

Roedd y lleill wedi stopio i aros amdanon ni, ac roedd Hanna yn chwifio'i braich i ddeud wrthan ni am hel ein tinau.

'Dod rŵan!' gwaeddodd Manon, cyn troi ata i. 'Os dechreuwn ni gerdded yn ara, dechreuan nhw symud. Fydd gan Hanna mo'r 'mynedd i ddisgwyl i ni ddal fyny efo nhw.'

Roedd hi'n iawn. Ond allwn i ddim credu ei bod hi'n iawn am Ann.

'Manon,' medda fi, gan drio cerdded er bod fy mhen i'n troi, 'wyt ti'n trio deud y bysa Ann yn madda i Dylan am ffwcio rhywun arall y tu ôl i'w chefn hi? Ac yn waeth na hynny – ei ffrind hi?'

'Wel, meddylia am y peth. Ydi hi'n ei garu o?'

'Ydi siŵr! Ma hi'n mynd i'w briodi o, tydi?'

'Felly tasa hi'n cael gwbod, mi fysa hi'n siŵr o ypsetio'n rhacs i ddechra, canslo'r briodas, bob dim. Ond tasa fo'n gwadu'n ddu las, neu'n mynd ar ei linia'n gofyn am faddeuant, be ti'n feddwl fysa hi'n neud?'

'Dwi'n gwbod be fyswn i'n neud...'

'Ia, ond sôn am Ann ydan ni rŵan.'

'Ond mae o wedi'i thwyllo hi, Manon!'

'Yli, y cwbl wn i ydi... gath Rhys a fi drafferthion chydig yn ôl.' Roedd hi'n sbio ar ei thraed, ond wedyn mi gododd ei phen i sbio yn fy llygaid i. 'Ond 'nes i fadda iddo fo, am 'mod i'n ei garu fo, a doedd o na fi ddim isio colli be sy gynnon ni. Wrth lwc, doedd 'na neb arall yn gwbod, felly roeddan ni'n gallu sortio petha allan rhyngddon ni. Ond tasa'r peth yn stori fawr a pawb yn gwbod, mi fysa wedi bod dipyn yn fwy anodd.'

'Be? Ti 'di gallu anghofio bob dim am y peth, jest fel'na?'

'Na, dwi ddim wedi anghofio, ond dwi wedi madda. Os ti'n madda digon i rywun, ti pia nhw, a nhw pia chdi, os ti licio'r peth neu beidio.'

'Dwi ddim yn dallt.'

'Mi nei di ryw ddiwrnod... a prun bynnag, mae Rhys yn gwbod be fysa'n digwydd tasa fo'n 'i neud o eto!'

'Felly be ti'n drio'i ddeud wrtha i, Manon?'

'Jest... ella y dylen ni gadw'r peth yn dawel, a gadael i Dylan ac Ann sortio fo eu hunain.'

'Y? Ond fedra i ddim! Pan wela i Dawn mi

fydda i isio blingo'r ast! Ac mi fydd Ann yn gallu deud yn syth bod 'na rwbath o'i le. Fel 'na mae hi. Nabod fi'n rhy dda.'

'Ia, ond cofia, tasa hi'n madda iddo fo ar ôl i ni ddeud wrthi, mi fysa'r briodas a phob dim wedi eu canslo heb ddim rheswm. Ni fysa wedi difetha'r cwbwl, ypsetio'r ddau deulu, ypsetio pawb am ddim rheswm. A fysa hi'n methu madda i ni am ddeud wrthi.'

'Tasa rhywun yn fy nhwyllo i, mi fyswn i isio gwbod.'

'Ond os nad oes 'na rywun yn deud wrthat ti, fysat ti'm callach! Ac yli, dim ond gair Dawn sydd gynnon ni ei fod o wedi bod efo hi. Ella mai deud clwydda mae hi. Ella bod Dylan yn gwbl ddiniwed.'

O hec. Do'n i ddim yn gwbod be i neud.

9. YN Y DŴR

P<small>AN DDALION NI</small> i fyny efo'r lleill, 'nes i jest gwenu'n ddel ar Ann.

'Sori. Roedd carreg yn fy esgid,' medda fi, a sylweddoli 'mod i wedi dechra deud celwydd wrthi hi'n syth.

'Iawn. I lawr â ni,' meddai Brendan. 'Byddwch yn ofalus. Mae hi'n – beth yw *slippery*?'

'Llithrig,' meddai Hanna. 'Wps! Ydi, mae hi hefyd,' wrth iddi bron â disgyn ar ei thin, a chwerthin. Roedd y tri ohonyn nhw'n edrych yn uffernol o hapus. Ond doedd Manon a finna ddim.

'Gwena, Manon,' medda fi'n ei chlust hi, 'neu mi fyddan nhw'n dechra ama.'

Felly dyma ni'n dwy'n dechra gwenu fel giatia a giglan a gweiddi fel y lleill. Roeddan ni'n haeddu Osgars.

Dringo oeddan ni i ddechra, a doedd o ddim yn rhy anodd, nac yn rhy uchel.

'Ti'n iawn, Manon?' gofynnodd Ann.

'Ydw, diolch! Hwyl tydi!' meddai honno. Ond pan ddaethon ni at ddarn lle roedd y graig yn stopio a cheunant dwfn oddi tanon ni, aeth hi'n welw i gyd.

'Amser i ni wlychu, ferched!' gwenodd Brendan.

Edrychodd pawb i lawr ar y môr yn berwi oddi tanon ni. Iawn, doedd o ddim yn bell i lawr, dim ond tua metr a hanner, ond ro'n i'n cachu'n hun.

'Oes rhaid i ni?' gofynnais.

'Does dim rhaid i ti neidio,' meddai Brendan. 'Gallet ti ddringo i lawr fan hyn. Mae neidio'n hwyl!' A dyma fo'n taflu'i hun i'r awyr a glanio yn y dŵr efo hymdingar o sblash. Roedd o 'nôl i fyny cyn pen dim, yn gwenu.

'Hawdd! Pwy sy nesaf?'

Ar ôl edrych ar Ann, mi gamodd Hanna ymlaen, a neidio i mewn efo gwaedd. Roedd hitha'n chwerthin pan ddoth ei phen hi 'nôl i'r golwg.

'Ydi o'n oer?' gofynnodd Ann.

'Nacdi, mae'n lyfli! Tyrd. Neidia!'

Ro'n i wir wedi meddwl y bysa Ann yn ffaffian a ffidlan a thynnu'n ôl, ond na. Ar ôl eiliad o gymryd gwynt dwfn, mi nath hi sŵn fel Tarzan a neidio'n berffaith syth i mewn i'r dŵr. Prin bod 'na sblash.

'Bendigedig!' meddai Brendan. 'Nesaf!'

Edrychodd Manon a finna ar ein gilydd.

'Dos di.'

'Na, dos di.'

Edrych ar ein gilydd eto ac edrych ar y dŵr.

''Di o ddim yn edrych yn rhy ddrwg.'

'Nacdi.'

'Dos di 'ta.'

'Na, dos di gynta.'

'Dowch mlaen!' gwaeddodd Hanna.

O hec. Felly mlaen â fi. Doedd o ddim yn bell. Fel neidio o ben car. Wel, landrofyr. Roedd y tri arall yn bobio i fyny ac i lawr yn y tonnau, yn gwenu arna i. Llyncais yn galed. Damia, roedd fy nghoesa i fel jeli. Tyrd 'laen hogan, os ydi Ann yn gallu'i neud o... a dyma fi'n taflu fy hun allan i'r awyr, a dal fy nhrwyn. Blydi hel! Ro'n i'n meddwl 'mod i'n mynd i hitio'r gwaelod, es i lawr mor bell. Ond 'nes i ddim. Ac roedd o'n fflipin oer! Ond dim ond am eiliad. Dois i'n ôl i fyny i'r wyneb fel corcyn, a dallt pam bod y lleill yn gwenu gymaint.

'Tyrd, Manon! Mae o'n blydi briliant!'

Doedd hi ddim yn edrych fel tasa hi'n fy nghredu i. A deud y gwir, roedd hi'n edrych yn reit sâl.

'Does dim rhaid i ti neidio os nad wyt ti isio, cofia,' meddai Ann.

'Na, dach chi i gyd wedi gneud. Mi wna inna hefyd. Yn y munud.' Mi fuodd hi'n cnoi'i gwefus a sbio lawr a chamu mlaen a chamu 'nôl am oes, nes yn y diwedd, efo 'AAAAAAA!' fyddarol, i mewn â hi. Am fod ei choesa a'i breichia hi dros bob man, doedd o mo'r peth mwya *graceful* yn y byd, ac roedd 'na ddiawl o sblash wrth daro'r dŵr. Ond pan ddoth hi'n ôl i fyny yn tagu a phoeri, roedd hi'n chwerthin hefyd.

"Nes i 'i neud o!' sgrechiodd. "Nes i 'i neud o! Fydd Rhys byth yn 'y nghredu i!'

'Mi fydd rhaid iddo fo,' meddai Hanna, gan ddal rhwbath glas yn yr awyr. 'Mae gen i gamera! A dwi'n meddwl 'mod i wedi cael clincar o shot ohonot ti!'

Ar ôl i ni nofio ar draws y ceunant, mi ddringodd Brendan i fyny'r ochr arall ac yna estyn ei fraich i'n helpu ni i fyny. Wrth gwrs, mi fynnodd Hanna ddringo heb ei help o, ond mi gydiodd Ann yn ei law o'n syth, a gadael iddo fo ei thynnu i fyny. Felly roedd y ddau braidd yn agos at ei gilydd pan safon nhw i fyny. Ond dim ond am eiliad. Camodd Ann heibio iddo fo'n reit sydyn, a dringo i fyny at Hanna. Roedd hi'n ei ffansïo fo, garantîd, ac roedd o'n bendant yn ei ffansïo hi. Ac ar ôl clywed am Dylan a Dawn, ro'n i'n falch.

Mi fuon ni'n dringo a cherdded a neidio drwy'r pnawn, a bron na 'nes i lwyddo i anghofio am blydi Dylan a Dawn. Pawb yn bobio i fyny ac i lawr mewn ogof, yn chwerthin fel petha gwirion, ac yn taflu'n hunain drosodd a throsodd i mewn i don oedd yn ein taflu ni'n daclus ar graig oedd jest o dan y dŵr. Argol, roedd o'n hwyl. Mi 'nes i grafu'n llaw ar y cregyn fwy nag unwaith, nes ro'n i'n gwaedu, ond doedd o ddim yn brifo, a doedd dim ots beth bynnag. Roedd hyn fel bod yn chwech oed eto! Stwffio blydi *limousine* i Gaer. Roedd Hanna'n *genius*.

Ond wedyn, dyma ni'n dod at graig lot yn uwch na'r lleill.

'O diar,' meddai Ann.

'Mam bach!' meddai Manon, '*you cannot be serious!*'

Ond roedd grisiau ar y graig. Roedd y cam cynta'n reit hawdd, rhwbath tebyg i'r naid gynta naethon ni, ac mi lwyddon ni i gyd i neidio oddi ar hwnnw, dim problem. A'r ail – yn y diwedd. Ond wrth wylio Brendan yn cymryd oes i gyrraedd y dŵr ar ôl neidio o'r drydedd lefel, aethon ni i gyd yn dawel. Roedd hwn tua chwe metr o leia. Ac mae hynny'n uchel.

'Dwi ddim yn meddwl 'mod i isio gneud hwn,' meddai Manon.

'Na finna,' meddai Ann.

'Mi wna i os nei di,' medda fi wrth Hanna. Felly dyma ni'n dwy'n dringo i'r fan lle'r oedd

Brendan wedi bod.

'W. Mae o'n uchel,' meddai Hanna.

'Yndi.'

'Am be oeddat ti a Manon yn siarad gynna 'ta?' gofynnodd yn sydyn.

'Dim byd mawr. Pam?'

'Roedd o'n edrych yn reit fawr, y ffordd roedd dy freichia di'n fflapian fel rhyw wylan wyllt.'

Damia!

'Doedd o'm byd, wir yr.'

'Dwi ddim yn mynd i neidio nes byddi di'n deud wrtha i.'

'Taswn i'n deud wrthat ti, 'sat ti'n disgyn.' Cachu hwch! Roedd o wedi dod allan cyn i mi feddwl!

'O? Felly? Reit, gei di ddeud wrtha i wedyn. Lawr fan'cw.'

'Ond na! Fedra i ddim...'

Ond roedd hi wedi mynd. Wedi disgyn fel carreg i'r dŵr anhygoel o las oddi tanon ni. Do'n i ddim isio neidio wedyn. Ddim os o'n i'n mynd i gael y *third degree* gan Hanna. Ond roedd Ann a Brendan yn gweiddi arna i. O, naaa! Ond wedyn dyma fi'n dychmygu mai Dylan a Dawn oedd oddi tanaf fi, a taswn i'n neidio, landio ar eu pennau nhw fyswn i. A landio mor galed, mi fysa'u brêns nhw'n ffrwydro allan drwy eu clustiau nhw. Felly 'nes i neidio. *O MAI GOD* roedd o'n bell. Anhygoel o bell. Aaaamêsing o bell. Blydi briliant o bell! Adrenalin? Roedd o'n well na reid *Oblivion* yn Alton Towers! Yn well na *Rita, Queen of Speed!* A doedd 'na ddim ciw!

Ond wedyn roedd Hanna'n disgwyl amdana i.

'Yli,' medda fi, ''na i ddeud wrthat ti pan fydd Manon efo ni, ac Ann allan o'r golwg. 'Nes i addo peidio â deud.' A chwarae teg, roedd hi'n fodlon ar hynny.

Doedd gen i mo'r gyts i neidio o'r bedwaredd lefel. Na 'run o'r lleill. 'Dan ni'r genod yn gwbod pryd i stopio. Hyd yn oed Hanna. Ond roedd Brendan yn methu peidio â dangos ei hun, yn enwedig wedi i Ann ei herian o. Neidiodd o reit o'r top – dros ddeg metr. 'Di o ddim yn gall. Ond roedd Ann yn sbio arno fo fel tasa fo'n Daniel Craig neu rywun.

Diddorol...

Doedd 'na ddim golwg o Dawn pan ddaethon ni'n ôl i'r gwesty. Roedd hyn yn beth da, achos ro'n i'n dal isio rhoi slap iawn iddi. Ar ôl pilio'n hunain allan o'r siwtiau gwlyb a'u rinsio a'u rhoi i hongian, deudais i wrth Ann y gallai hi fynd am y gawod gynta. Arhosais i, Hanna a Manon tu allan i gael Y SGWRS.

'Ceri...'nest ti addo,' meddai Manon yn nerfus.

'Do, dwi'n gwbod. Ond...'

'Ond dwi ddim yn dwp,' meddai Hanna, 'a dwi isio gwbod be sy'n mynd mlaen.'

Felly naethon ni ddeud wrthi.

Wel, os o'n i isio rhoi slap i Dawn, roedd Hanna'n edrych fel tasa hi isio'i gwasgu hi drwy fangl, ei malu hi'n rhacs, a bwydo be oedd ar ôl ohoni i lygod mawr.

''Nes i 'rioed drystio'r hogan,' meddai o'r diwedd, ac ro'n i'n gallu gweld ei bod hi'n gwasgu'i dyrnau nes bod esgyrn ei bysedd hi'n wyn. 'A deud y gwir, 'nes i 'rioed drystio Dylan chwaith, y sinach dan din, hyll, afiach iddo fo.'

'Hogyn 'di sbwylio ydi o,' meddai Manon. 'Roedd o'n yr ysgol efo Rhys, ac roedd Rhys yn deud ei fod o'n hen ddiawl bach hunanol.'

'Pam na fysach chi wedi deud hynny wrth Ann cyn iddi ddyweddïo efo fo?' medda fi'n flin.

'Am ei bod hi wedi mopio'i phen efo fo, dyna pam,' meddai Hanna. 'A pan mae hogan mewn cariad, does 'na ddim byd fedri di ei neud, nag oes? Ddim os wyt ti isio'i chadw hi fel ffrind.'

'Ia, y cwbl fedri di neud ydi bod yna iddi pan mae petha'n mynd yn ddrwg,' meddai Manon. 'Dyna be mae mêts yn dda.'

A dyna pryd 'nes i sylweddoli mai Ann oedd

fy mêt gora inna. Doedd hi ddim jest yn chwaer i mi, roedd hi'n ffrind hefyd a do'n i ddim isio iddi gael ei brifo. Doedd yr un ohonon ni isio iddi gael ei brifo. Ond tasan ni'n deud wrthi, mi fysa hi'n cael ei brifo'n uffernol.

'Be ddiawl 'dan ni'n mynd i neud?' gofynnais.

'Ffendio os ydi Dawn yn deud y gwir i ddechra,' meddai Hanna. 'Os ydi hi, ceith hi blydi cerdded adra.'

'Ond sut 'dan ni'n mynd i neud hynny heb i Ann ddallt?'

'Dwi ddim yn gwbod. Dwi'n gweithio arno fo. Ond neb i ddeud gair wrth Dawn nes bydda i wedi cael y brênwêf – cario mlaen fel tasa 'na ddim byd wedi digwydd, iawn? Pob dim yn hynci dori. A swper fan hyn am saith.'

Roedd Ann yn sychu'i gwallt a Hanna newydd ddod allan o'r gawod pan ddoth Manon i mewn i'r llofft.

'Gesiwch be – mae Dawn wedi newid ei meddwl am y dringo fory. Mae hi am ddod. A dw inna am ddod hefyd. Ro'n i'n dringo rêl boi heddiw, d'on?'

'Oeddat, rêl mwnci!' gwenodd Ann. 'O, dwi mor falch. Gawn ni i gyd orffen y penwythnos 'ma efo'n gilydd wedyn, fel tîm! A pawb yn mynd adre ar *high*!'

Ac mi wenodd fel giât, felly dyma ninna i gyd yn gwenu hefyd. Ond mi welais i lygaid Hanna. Ro'n i'n gallu gweld y *cogs* yn troi yn barod.

10. NOS SADWRN

ROEDD Y SWPER YN ffantastig. Ces i stêc a salad, ond roedd y salad yn hollol wahanol i unrhyw salad ces i o'r blaen. Roedd 'na gnau a hadau a ffrwythau ynddo fo, a ryw *dressing* diarth, ond anhygoel o flasus. Mi gafodd Dawn salad hefyd, ond mi fynnodd hi dynnu pob hadyn a phob darn o gneuen allan ohono fo gynta.

'Ti'n *allergic* iddyn nhw?' gofynnodd Ann.

'Nac 'dw. Dwi jest ddim yn 'u licio nhw. Gneud ti'n dew, tydyn?'

'Maen nhw'n dda i chdi, y gloman,' meddai Hanna.

'Nac 'dyn, maen nhw'n llawn o galoris, felly dwi'm yn eu twtsiad nhw.'

'Neith Dylan ddim byta cnau chwaith,' meddai Ann.

'*Great minds...*' meddai Dawn. Ro'n i isio sgrechian.

'Dwi wrth 'y modd efo cnau,' meddai Manon.

'A mae o'n dangos,' meddai Dawn yn syth.

Blydi hwch! Ro'n i'n gallu gweld bod Manon

isio ateb yn ôl, ond mi nath Hanna a finna sbio'n galed arni, ac mi gaeodd ei cheg. Ond roedd hi wedi mynd yn goch i gyd, y greadures.

Mi gawson ni win coch efo'r bwyd, ac roedd hwnnw'n lyfli hefyd. Ond roedd o'n mynd i 'mhen i, was bach. A deud y gwir, roedd bochau pawb yn edrych yn reit goch yn y diwedd, ac roedd Ann yn siarad fel dwn-im-be. Am Dylan y rhan fwya o'r amser.

'Dwi'n cofio'r tro cynta iddo fo ddod acw am fwyd,' meddai. 'Fi oedd yn golchi llestri, ond do'n i'm isio golchi'i blât o. Ro'n i isio'i gadw o fel ag roedd o. Roedd o wedi cyffwrdd y plât yna, wedi bwyta oddi arno fo, a do'n i ddim isio gweld hynny'n mynd i lawr efo'r dŵr.'

Mi fuon ni i gyd yn dawel wedyn, ddim yn gwbod be i ddeud.

'Nest ti ei olchi o'n y diwedd?' gofynnodd Manon ar ôl sbel.

'Naddo. Roedd 'na rywun isio fi ar y ffôn. Ti, dwi'n meddwl, Dawn. A phan ddois i'n ôl, roedd Ceri wedi golchi bob dim.'

Tawelwch.

'Sori,' medda fi yn y diwedd. 'Taswn i'n gwbod...'

'Paid â bod yn sofft!' meddai Ann. 'Bod yn wirion o'n i 'de. Fedri di ddim cadw rhwbath ar *freeze frame* am byth.'

'Ond mae'n dangos faint ti'n 'i garu o,' meddai Hanna yn dawel.

'Yndi, tydi? Bron na fyswn i'n deud ei fod o'n rhan ohona i bellach. A fyswn i ddim y person ydw i rŵan oni bai amdano fo.'

'A sut berson wyt ti rŵan?' gofynnodd Dawn.

'Hapus!' meddai Ann. 'Uffernol o hapus, a dwi'n edrych ymlaen at fod yn wraig iddo fo. Arswyd mawr, ydw!'

A dyma ni i gyd yn gorfod gwenu arni eto. Doedd 'na 'run ohonon ni isio pwdin.

Aethon ni lawr dre wedyn a gadael i Ann a Dawn gerdded o'n blaenau ni yn y tywyllwch.

'Ti 'di cael dy brênwêf?' gofynnais i Hanna.

'Naddo. Ac ar ôl be ddeudodd Ann jest rŵan, dwi'n cachu plancia.'

'A finna. Mi fydd yn rhaid i ni fod yn uffernol o ofalus,' meddai Manon.

'Fory – wrth ddringo,' meddai Hanna'n sydyn. 'Mi fydd yn rhaid i ni fod yn bartneriaid, ac mi a' i efo Dawn.'

'A...?'

'Gawn ni weld.'

Roedd y dafarn yn llawn eto, a phwy oedd yno ond yr hogia i gyd. A Brendan. Mi fynnodd o brynu rownd i ni, a gneud lle i ni eistedd yng

nghanol yr hogia eraill. Roedd 'na rai yn Gymry,
a rhai o Loegr, ond doedd dim un yn siarad
Cymraeg. Rhyfedd mai'r boi gafodd ei eni bella
oedd wedi trafferthu dysgu Cymraeg. Ges i ista
wrth ochr Ben, y boi gwallt hir melyn. Ond mi
stwffiodd Dawn yr ochr arall iddo fo, y jadan.

Arhosodd Ann wrth y bar i helpu Brendan
gario'r diodydd. A digwydd bod, roedd 'na le
iddyn nhw eistedd wrth ochr ei gilydd wedyn.
Mi fues i'n sbio arnyn nhw'n siarad, a gweld
bod y ddau'n uffernol o gyfforddus efo'i gilydd.
Chwerthin a gwenu, a'u clunia nhw'n agos
iawn, iawn at ei gilydd. Doedd Ann ddim yn
fflyrtio, dydi hi byth yn fflyrtio; jest bod yn hi
ei hun mae hi yn naturiol a ddim yn gorfod trio.
Ddim fel Dawn oedd yn gneud y mŵfs i gyd ar
Ben; fflicio'i gwallt yn ôl, cyffwrdd ei hun o hyd,
syllu i fyw ei lygaid gan ddal ei phen fymryn i
lawr ac i'r ochr i drio dangos yr ochr ddiniwed,
vulnerable ohoni'i hun. Fel tasa ganddi hi ochr
ddiniwed! Ro'n i isio chwydu.

Ond mwya sydyn, dyma Manon yn estyn i
rhoi pwt i Ben. *'Roy was just telling me that you've
just done your Art A level,'* meddai. *'Well, so has
Ceri!'*

A dyma fo'n troi ata i (yn falch o'r cyfle i
droi i ffwrdd oddi wrth Dawn, os ti'n gofyn i
mi), a dyma ni'n dechra siarad am arlunio ac

am arholiadau a be oeddan ni isio neud nesa
a bob dim dan haul. Ces i winc gan Manon
pan ddeudodd o ei fod o'n gobeithio mynd i
Gaerdydd. Jest fel fi!

Roedd Hanna'n dod mlaen yn dda efo'r boi
wrth ei hochr hi hefyd – Andrew, y boi efo'r
Grade 3 a'r llygaid delia 'rioed. Roedd o'n 25
ac yn meddwl teithio'r byd y flwyddyn nesa.
Bacpacio. Jest fel Hanna. Ac roedd y ddau jest
â drysu isio mynd i Papua New Guinea, ond
erioed wedi cyfarfod â neb arall oedd isio mynd
i'r ffasiwn le. Beryg bod Sel yn mynd i orfod
gofyn Y CWESTIWN, neu ei cholli hi.

Cawson ni'n gwadd i dŷ Brendan am barti
wedyn. Tŷ neis oedd o hefyd, bwthyn bach
gwyngalchog yn sbio lawr dros y môr yn y cefn.
Ac roedd o'n rhyfeddol o daclus i feddwl mai
dyn oedd yn byw yno. Roedd gynno fo botel
lawn o Tequila ar ganol y bwrdd. Ella mai dyna
pam 'nes i, yn ystod y noson, snogio efo Ben
yn yr ardd, a pam fod Hanna ac Andrew wedi
baglu heibio ni, yn giglan fel plant bach cyn
diflannu i'r sied.

Mi gerddodd Ben adre efo fi ryw ben, tua
dau dwi'n meddwl. A ces i ddiawl o sioc o weld
bod gwelyau'r ddwy arall yn wag. Roedd gen i
syniad go lew ble roedd Hanna, ond ble ddiawl
oedd Ann? Ond ro'n i'n rhy chwil a blinedig i

boeni llawer am y peth, a dwi'n meddwl 'mod i wedi syrthio i gysgu cyn i 'mhen i gyffwrdd y pilw – ond gobennydd fysa Hanna wedi'i ddeud – tasa hi yno.

11. DYDD SUL

'NES I DDEFFRO EFO homar o gur pen a gwên fawr ar fy wyneb. Do'n i ddim yn cofio pam am funud, ond wedyn mi ddoth y cwbl yn ôl i mi a 'nes i dynnu'r cwilt dros fy mhen a dechra giglan. Roedd Ben yn gorjys, ac yn secsi ac yn annwyl. Ac roedd o wedi deud 'mod i'n gorjys ac yn secsi ac yn annwyl. Wel, yn Saesneg, ond dyna oedd o'n feddwl. Ac ro'n i wedi dysgu ambell air o Gymraeg yn reit handi iddo fo. A dwi ddim yn deud be oeddan nhw! Es i'n gynnes i gyd tu mewn wrth gofio bob dim.

Ac wedyn cofiais i am y lleill. Mi wthiais fy mhen yn ôl i fyny allan o'r cwilt a sbio o gwmpas. Roedd gwely Hanna'n wag. Ond roedd Ann yn cysgu'n sownd yn ei gwely hi, a'i gwallt fel cyrten dros ei hwyneb. Chwiliais i am fy wats, cyn sylweddoli ei bod hi'n dal ar fy ngarddwn i. Deg! Damia, roeddan ni 'di colli brecwast!

A dyna pryd agorodd y drws yn dawel bach. Hanna. Ei gwallt dros y siop i gyd a golwg hogan ddrwg arni.

'A faint o'r gloch ti'n galw hyn?' medda fi.

'A! O! Ti'n effro?'

'Na, siarad yn 'y nghwsg ydw i. Wel, wel Miss Jones, a sut fath o ymddygiad ydi hyn, y?'

Mi gochodd at ei chlustia, ac wedyn dyma ni'n dwy'n piffian chwerthin.

'Noson dda, doedd?' medda fi.

'Bore reit dda hefyd,' medda hitha, a dyma ni'n sgrechian chwerthin. A symudodd Ann a dechra agor ei llygaid.

'Bore da, *sleeping beauty*,' medda fi. 'A lle fuest ti mor hwyr, y?'

'Mmm?' Doedd hi ddim wedi deffro'n iawn.

'Be? Oedd hi'n hwyr yn dod adra?' gofynnodd Hanna.

'Doedd hi ddim yma pan ddois i tua dau,' medda fi. 'Doedd hi ddim efo chdi?'

'Yn y sied? Mi fyswn i wedi sylwi.'

A dyma Ann yn codi'i phen a sbio arnon ni.

'Faint o'r gloch 'di...?'

'O MAI GOD!' meddwn i.

'... Mr Blaidd?' medda Hanna.

'Y?' edrychodd Ann arni'n hurt. A dyma ni'n dwy'n pwyntio at y marc mawr piws ar ei gwddw hi.

'Be? Be sy 'na?'

Cydiodd Hanna mewn drych a'i ddal o'i blaen hi.

'Rhywun 'di bod yn dy gnoi di...'

'O MAI GOD!' sgrechiodd Ann, cyn cuddio dan y cwilt.

'A dwi'n meddwl bod gen i syniad go lew pwy nath,' medda fi wrth y cwilt.

'Dwi'n gwbod mai dy benwythnos cwennod 'di oedd dy gyfle ola di,' meddai Hanna, 'ond... o diar.'

'Be 'na i?' meddai'r llais bach o dan y cwilt.

'Dwn i ddim wir,' meddan ni'n dwy.

'Dwi'n teimlo'n uffernol,' meddai'r cwilt.

'Dwi ddim yn synnu,' medda fi, gan wenu ar Hanna.

'Na, o ddifri, dwi'n teimlo'n – yyyy!' A dyma hi'n neidio allan o'r gwely efo'i llaw dros ei cheg a diflannu mewn i'r tŷ bach. Ych, doedd o ddim yn sŵn neis o gwbl.

'Sa ti 'di gallu cau'r drws,' medda fi. Ond roedd Hanna wedi mynd mewn ar ei hôl hi i ddal ei gwallt hi'n ôl ac estyn papur toilet iddi. Petha fel 'na mae mêts yn neud, ynde?

Roedd hi'n teimlo'n well ar ôl cawod a llnau'i dannedd. A lapio sgarff am ei gwddw. Ond wedyn nath hi ddechra crio.

'Be dwi'n mynd i neud?' meddai. 'Mi fydd rhaid i mi ddeud wrth Dylan! Sgin i ddim dewis!'

'Allet ti ddeud 'mod i wedi dy hitio di efo

padl canŵ neu rwbath,' medda fi.

'Dwi ddim isio dechra'r briodas efo celwydd!' meddai hi'n syth.

Edrychodd Hanna a finna ar ein gilydd.

'Nag oes,' meddai Hanna ar ôl i mi nodio arni, 'a dwi'n meddwl mai rŵan ydi'r amser i ni ddeud rhwbath wrthat ti...'

Aeth Ann am dro wedyn. Roedd Hanna isio i un ohonan ni fynd efo hi, ond na, roedd hi isio bod ar ei phen ei hun.

'Paid â phoeni, dwi'n iawn. Dwi ddim yn mynd i daflu'n hun i mewn i'r môr na dim byd felly. Jest isio llonydd i feddwl... Wela i chi amser cinio. Dwi'n addo. Ond dwi isio i chi addo un peth i mi.'

'Rwbath, deuda di,' medden ni'n dwy.

'Peidiwch â deud gair wrth Dawn. Dwi'n gwbod dim, iawn?'

'Iawn. Dim gair, dim problem.'

Ond mi fuon ni'n dwy – wel, tair ar ôl i ni ddeud wrth Manon – yn poeni tan amser cinio.

'Roedd hi'n rhy cŵl am y peth,' medda fi.

'Be? Nath hi ddim crio na dim?' gofynnodd Manon.

'Naddo. Sych fatha corcyn,' meddai Hanna. 'Jest gwrando'n dawel, yn cymryd

81

pob dim i mewn, ac yn chwara efo'i modrwy ddyweddïo.'

Mi fuon ni i gyd yn sbio ar ein traed am chydig, yna – 'Os na fydd hi'n ôl mewn awr, dwi'n ffonio 999,' meddai Manon.

Dyma Dawn yn cerdded aton ni wedyn, efo ffag yn ei cheg.

'A sut dach chi bore 'ma?' gofynnodd efo rhyw wên slei.

'Ddim yn ddrwg. Titha?' gofynnodd Hanna.

'Well na ddoe. A lle naethoch chi ddiflannu neithiwr, y? Genod drwg...!'

Damia. Oedd hi wedi'n gweld ni? Ac yn bwysicach, oedd hi wedi gweld Ann? Ond wedyn, doedd gen i ddim byd i'w guddio. Do'n i ddim yn canlyn nac wedi dyweddïo efo neb.

'Ges i noson lyfli efo Ben, os mai dyna ti isio wybod.'

'Braf iawn arnat ti. Tasa fo'n hŷn na 18, fyswn i wedi mynd ar ei ôl o. Ond isio gwbod be oedd dy hanes di, Hanna, ydw i ...'

'Ddoth Dawn adra 'run pryd â fi, dach chi'n gweld,' meddai Manon yn frysiog. 'Gollon ni rwbath?'

'Dim byd mawr,' gwenodd Hanna. 'Mẁg o Horlicks a gêm o Scrabble, dyna i gyd.'

Doedd Dawn yn amlwg ddim yn ei chredu hi, ond tyff. Doedd hi ddim yn mynd i gael mwy na hynna.

'Barod am y dringo 'ta, Dawn?' gofynnais.

'Am wn i. Ond os bydda i'n malu 'ngwinedd, dwi'n mynd i'w siwio nhw. Lle mae Ann gynnoch chi?'

'Fan 'cw,' meddai Manon. A dyma ni i gyd yn troi rownd i weld Ann yn cerdded tuag aton ni. Diolch byth. Wedi bod am dro lyfli, medda hi, ac yn fwy na pharod am rownd ola'r penwythnos. Ding!

Roedden ni i gyd yn barod wrth y bwrdd picnic pan gyrhaeddodd Brendan. Roedd 'na gylch fatha'r hen hysbyseb *Ready Brek* 'na o'i gwmpas o. Wir yr. Roedd o'n methu peidio â gwenu, ond mi nath Ann a fo'n rhyfeddol i beidio â dangos gormod. Ond 'nes i sylwi ei fod o wedi cyffwrdd yn ei llaw hi'n hirach nag oedd rhaid wrth basio un o'r rhaffau iddi. A'i bod hi wedi rhoi gwên swil iddo fo a mynd jest fymryn bach yn binc. Roedd hi'n matsio'r sgarff binc am ei gwddw hi'n berffaith. Aeth hi i ista yn y tu blaen efo fo hefyd.

'Ddylen ni ddarllen rhwbath i mewn i hynna?' meddai Dawn efo winc.

'Do'n i'm yn gwbod bo chdi'n gallu darllen,' meddai Hanna, a rhois i gic iddi.

Roedd y dringo yn yr un lle'n union â'r

canŵio, sef Porth Glais. Ac roedd y creigiau'n sbio i lawr ar y lle buon ni'n chwarae'n wirion yn y môr. Roedden nhw'n edrych gymaint yn uwch a chymaint yn fwy serth rŵan.

'Ym... maen nhw'n edrych yn anodd,' meddai Manon.

'Mae rhai yn hawdd, rwy'n addewid,' meddai Brendan.

'Addo,' meddai Ann, cyn i Hanna gael cyfle i agor ei cheg.

Mi fuon ni'n ymarfer dringo ar greigiau hawdd i ddechrau, i ddysgu sut i roi blaen ein traed yn y craciau bychain, sut i symud fel mai dim ond un llaw neu droed ar y tro oedd ddim yn cyffwrdd yn y graig, a sut i wasgu llaw i dwll er mwyn gallu symud yn uwch. Roedd Dawn yn gwrthod gneud hynny, wrth gwrs, ac roedd hi'n dringo fatha rhech. Ond roedd Manon yn dringo fel tasa hi wedi cael ei geni i ddringo!

Cawson ni hwyl yn gwisgo'r harnesi, achos roedd hi'n teimlo fel petawn i'n gwisgo clwt babi i ddechra, ac roedd yn gneud i nhin i wasgu i bob cyfeiriad. Ond ddim i Ann na Dawn, wrth gwrs. Ar ôl gwers ar sut i neud clymau a sut i belayio (dal y rhaff mewn rhyw declyn bach metal fel y gallen i roi'r brêcs ar 'y mhartner pe bai hi'n disgyn), roedden ni'n barod i ddringo go iawn.

'Iawn, dewiswch eich partneriaid,' meddai Brendan.

'A' i efo Dawn,' meddai Ann yn syth.

'Syniad da,' meddai Brendan, 'rydych chi tua'r un trymdra.'

'Pwysau!' chwarddodd Ann.

'Be? 'Di hynny'n bwysig?' gofynnodd Manon.

'Mae'n help,' meddai Brendan, 'ond byddaf fi'n bartner i ti, iawn?'

Roedd hyn yn gadael Hanna efo fi.

'Be ti'n meddwl mae hi'n mynd i neud?' sibrydodd Hanna wrtha i, gan sbio ar Ann a Dawn yn trafod pwy fysa'n dringo gynta.

'Dim clem. Fysa hi ddim yn gadael iddi... bysa?'

'Disgyn? Ann? Na, byth. Na. Na fasa siŵr.'

Ond doedd Ann heddiw ddim yr un Ann â ddoe. Roedd 'na ryw dân ynddi. Roedd hi hyd yn oed yn sefyll yn wahanol. Cefn yn hollol syth, gên yn uchel. Doedd yr Ann yma ddim yn cymryd *shit* gan neb. Ro'n i'n dechra teimlo'n ofnus rŵan, a ddim jest am mai fi oedd yn mynd i ddringo gynta.

12. Y DRINGO

Mi benderfynodd y lleill mai Ann fysa'n dringo gynta. Ro'n i'n nerfus ynglŷn â hynny hefyd. Fysa Dawn ddim yn ddigon o ast i ollwng y rhaff, fysa hi? Ella ei bod hi isio esgus i gael gwared arni er mwyn ennill Dylan iddi hi ei hun.

'Ti'n dringo ta be?' gofynnodd Hanna. 'Sbia, mae Manon hanner ffordd i fyny'n barod. Neis won Manon!' gwaeddodd. Ac mi gododd Manon ei llaw arnon ni. A hitha hanner ffordd i fyny'r graig! Roedd fy nghoesa i'n crynu mwya sydyn, ond es i at waelod y graig a dechra chwilio am rwla i roi 'nhroed. Roedd 'na le go fawr reit o 'mlaen i. Chwilio am rwla ar gyfer fy nwylo i oedd y job wedyn. Ond mi ddois i o hyd i rwbath, a myn yfflon i, ro'n i fyny. Gweles i glamp o dwll mawr uwch fy mhen i wedyn, perffaith ar gyfer fy llaw dde i. I fyny â fi.

'Da iawn! Ti'n mynd yn dda, Ceri!' meddai Brendan.

Roedd yn amlwg bod Brendan yn gallu cadw llygad arnon ni i gyd ar yr un pryd. Ro'n i'n teimlo'n rêl boi wedyn, ac yn dechra mwynhau'r dringo 'ma. Edrychais i'r chwith, a gweld bod Ann bron â chyrraedd y top. Fflipin hec! Ac wrth edrych i'r dde, dyna lle roedd Manon yn abseilio i lawr yn barod!

Ro'n i hanner ffordd i fyny pan glywais i Ann yn gweiddi.

'Iawn! Barod i ddod i lawr!' Rhewais i. Oedd hi'n mynd i roi ei bywyd yn nwylo'r ast oedd wedi bod yn mynd efo Dylan tu ôl i'w chefn hi?

'Aros funud,' gwaeddodd Dawn, 'dwi ddim yn cofio be dwi fod i neud!' Unrhyw blydi esgus!

Ond roedd Brendan yno'n syth ac yn dangos iddi be i neud ac yn ei gwylio hi'n gollwng Ann i lawr yn araf, araf bach. Ffiw. Ond tro Dawn oedd hi i ddringo rŵan, ac i roi ei bywyd yn nwylo Ann. Felly 'nes i gyflymu a chyrraedd y top a gweiddi, 'Barod i ddod i lawr!' cyn i mi ddallt be o'n i'n neud. A 'nes i fwynhau dod i lawr hefyd, yn enwedig gan fod y lleill wedi stopio i sbio arna i a chlapio.

'Ces i lun da o dy din 'di rŵan,' meddai Manon, gan chwifio camera Hanna o mlaen i.

'Y jadan!'

'Iawn, Hanna ac Ann i ddringo nawr,' meddai Brendan. 'Manon? Dere, mae lle arall i ti ddringo man hyn.'

Roedd hi'n anodd cadw llygad ar Hanna'n dringo ac Ann yn belayio 'run pryd, yn enwedig gan fod Hanna'n dringo fatha blydi mwnci. Ro'n i'n cael trafferth cael digon o raff allan iddi mewn pryd. Ond roedd Dawn yn mynd fel rhech eto.

'W, mae o'n anodd!' gwichiodd, a hitha dim ond rhyw lathen i fyny. 'Sut wnest ti o, Ann?'

Ond ddywedodd Ann ddim byd, jest gwenu arni, a doedd hi ddim yn gwenu'n neis iawn.

'Mae 'na dwll i dy law dde di jest uwch dy ben di!' medda fi.

'Diolch,' meddai Dawn, ac i fyny â hi, efo lot o duchan a chwyno.

Roedd Hanna a Manon wedi dod i lawr cyn i Dawn gyrraedd hanner ffordd.

'Iawn, newid lle,' meddai Brendan. Ond roedd hynny'n golygu y byswn i a Hanna yn bellach i ffwrdd oddi wrth Ann, ac yn rhy bell i'w stopio hi tase hi'n penderfynu gneud rhwbath gwirion. Ond fedrwn i ddim deud dim wrth Brendan, 'Mae gen i ofn bod Ann yn mynd i ladd Dawn.' Mi fysa fo'n meddwl 'mod i'n boncyrs. Cachu hwch! Ond mi fuod Hanna a fi'n ffidlan yn ara efo'n rhaff wrth waelod y graig, jest rhag ofn. Tri chwarter ffordd i fyny, roedd Dawn yn sownd.

'Fedra i ddim 'i neud o!' galwodd mewn llais

crynedig. 'Dwi isio dod lawr!'

'Paid â bod yn wirion!' galwodd Ann. 'Ti bron yna!'

'Na, dwi 'di cal digon. Plîs gad fi lawr.'

'Be? Fel rwyt ti wedi 'ngadal i lawr?'

'Ia, yr un fath yn union. Jest yn fwy ara...'

'Ia, mae gwneud dros gyfnod o fisoedd yn ara. Tydi, Dawn?'

'Y? Be ti'n rwdlan?'

O, na! Roedd o'n digwydd!

'Felly ti wedi cael digon, do? Digon o ffwcio'r dyn dwi fod i'w briodi?'

'Be?!'

'Dwi'n gwbod bod ti'n gweld Dylan. Gwbod be ti wedi bod yn neud tu ôl i 'nghefn i.'

'Ann! Stopia falu cachu! Jest gad fi lawr!'

'Na wna. Ddim nes dwi'n clywed y gwir gen ti. Wel? Fuest ti efo fo?'

'Naddo!'

Roedd hi'n crio rŵan. Mi nath Hanna a finna drio rhedeg draw yno, ond roedden ni'n dal yn sownd yn y blydi rhaff a ro'n i methu datod y cwlwm.

Roedd Manon yn rhy brysur yn dringo i ddallt be oedd yn digwydd, a doedd gan Brendan ddim syniad mwnci be oedd yn digwydd.

'Dwi isio'r gwir, Dawn...' meddai Ann, gan adael i'r rhaff redeg – jest mymryn. Digon i neud i Dawn lithro chydig, gollwng ei gafael yn y graig, cydio yn y rhaff a sgrechian.

'Ann?' meddai Brendan.

'Dim problem,' gwenodd Ann yn ôl arno.

'Barod i ddod lawr!' gwaeddodd Manon o'r top.

'Wyt ti'n iawn, Dawn?' galwodd Brendan.

'*Nooo!*' meddai llais bach.

'Mae'n cael *panic attack* bach,' meddai Ann. 'Bydd hi'n iawn.'

'BAROD I DDOD LAWR!' gwaeddodd Manon eto.

Ac roedd Hanna a finna'n cael trafferth agor y blydi *karabiners*.

'Wel, Dawn?' gofynnodd Ann yn hamddenol. *The Ice Queen* ei hun.

Dim ateb. Arhosodd Ann nes roedd Brendan yn brysur yn belayio Manon i lawr, cyn gadael i'r rhaff redeg eto. Yn bellach tro 'ma. A doedd gan Dawn mo'r sens i roi ei thraed yn erbyn y graig. Roedd hi jest yn mynd yn syth i lawr, yn waldio'n erbyn y darnau o graig oedd yn sticio allan. Doedd hi ddim yn sgrechian rŵan. Jest crio.

'Wel? Be 'sgen ti i ddeud, Dawn?' Jest fel roedd Hanna a fi'n sgrialu heibio i Brendan, dyma Dawn yn dechra gweiddi, 'DO! FUES I EFO FO!'

Tawelwch. Wel, heblaw am y tonnau'n taro'r creigiau oddi tanon ni, a Dawn yn igian crio.

'Fwy nag unwaith?'

'Do... Plîs neith rywun helpu fi...'

Roedd Hanna a fi bob ochor i Ann rŵan.

'Ann, callia. 'Di hi ddim werth o.'

'Plîs Ann, paid â gneud dim byd gwirion.' Ond 'nes i gydio yn y rhaff rhag ofn.

'Beth sydd yn digwydd?' gofynnodd Brendan, wrth fy ysgwydd i.

'Dim ond ffendio allan pwy ydi'n mêts i,' meddai Ann yn dawel. 'Peidiwch â phoeni. 'Na i 'i gadael hi lawr yn ara.' Ac mi nath.

13. EPILOG

ROEDD DAWN YN IAWN wedi iddi gyrraedd y gwaelod, er doedd ei gwinedd hi ddim. Ac roedd 'na chydig o sgriffiadau yma ac acw, ond dim byd mawr. Ddeudodd hi ddim llawer wedyn. Ddeudodd hi ddim byd yr holl ffordd adre chwaith. A 'di Ann yn gneud dim byd efo hi bellach.

Doedd Ann ddim wedi meddwl ei brifo hi beth bynnag, meddai. Ddim yn gorfforol, o leia. Jest isio dychryn chydig arni. Ac roedd yn ddrwg ganddi am ddychryn gymaint ar bawb arall.

'Ond ro'n i jest isio gwbod y gwir cyn gweld Dylan,' meddai. 'Do'n i ddim isio iddo fo gael bai ar gam, nag 'on?'

Ond mi roedd o ar fai, doedd? Felly mi ganslodd Ann bob dim; y dyweddïad, y briodas, y mis mêl, bob dim. A gollwng y fodrwy i'w beint o pan ddwedodd hi wrtho fo be oedd hi'n feddwl ohono fo yn y pyb, o flaen pawb. 'Di hi ddim yn gneud dim byd efo fo rŵan chwaith. Ydi o efo Dawn? Dwi ddim yn meddwl. Mi symudodd hi i Gaer neu rwla yn fuan wedyn.

Mi orffennodd Hanna efo Sel hefyd, a mynd 'nôl lawr i Dyddewi i gael penwythnos efo Andrew. Ond mi gafodd Sel fraw. Aeth o'n syth i'r siop jiwelyrs yn dre, yna parcio o flaen yr ysgol ar y bore Llun a mynd ar ei liniau ar y tarmac o flaen y plant i gyd. Maen nhw'n priodi fis Mai.

Roedd 'na rwbath wedi digwydd i Manon hefyd. Mi ffendiodd bod 'na feithrinfa yn dre, a rhoi'r babi yn fan'no ddeuddydd yr wythnos tra oedd hi'n gneud cwrs lefel A yn y coleg. Mae hi'n stiwdant! Ac os bydd hi'n pasio (ac mi neith), mae hi isio dilyn cwrs gradd.

Doedd Brendan ddim yn hapus o gwbl efo Ann ar ôl be nath hi. A deud y gwir, roth o ffwc o row iddi. Ond mi nath hi ffonio fo chydig wythnosa yn ôl, ac mae o wedi maddau iddi. Mae o am ddod i fyny i'w gweld hi wythnos nesa. I gerdded yn y mynyddoedd, medda fo. Cerdded, dim dringo. Ac mae hi wedi cynhyrfu'n rhacs. Mae 'na rwbath yn deud wrtha i na fydd Brendan yn ei siomi hi. Fysa fo ddim yn meiddio!

A fi? Wel, dwi'n dechra yn y coleg yng Nghaerdydd mewn pythefnos. Ac es i a Ben efo fi i'r Steddfod fis Awst. Roedd o'n hwyl. A dwi'n dysgu Cymraeg iddo fo, a dwi'n ddiawl o athrawes dda. Ac mae o'n fy nysgu i sut i ganŵio'n iawn, ac mae o'n ddiawl o athro da hefyd.

A fysa dim o hyn wedi digwydd tasan ni wedi mynd mewn *limousine* gwyn i Gaer. Ond mae Ann yn bygwth trefnu un ar gyfer noson cwennod Hanna...

Am restr gyflawn o lyfrau'r wasg,
mynnwch gopi o'n Catalog newydd, rhad
– neu hwyliwch i mewn i'n gwefan

www.ylolfa.com

i chwilio ac archebu ar-lein.

Talybont Ceredigion Cymru SY24 5AP
e-bost ylolfa@ylolfa.com
gwefan www.ylolfa.com
ffôn (01970) 832 304
ffacs 832 782